L'ŒUVRE
AU ROUGE

DU MÊME AUTEUR

Le Banquet des Cendres de la France,
Éditions Jets d'Encre, 2022

La Nuit au bout du voyage,
Éditions Jets d'Encre, 2020

Éditions Jets d'Encre
81 avenue du Bac
94210 Saint-Maur-des-Fossés
www.jetsdencre.fr

ISBN : 978-2-35523-722-5

Raymond Gœmans

L'œuvre au rouge

JETS D'ENCRE ÉDITIONS

Too late, my time has come
Sends shivers down my spine
Body's aching all the time
Goodbye everybody, I've got to go
Gotta leave you all behind and face the truth
I don't want to die
I sometimes wish I'd never been born at all

Bohemian Rhapsody, Queen

CHAPITRE I

Les prémices

Ce récit sera rédigé sous couvert d'un pseudonyme car je suis recherché par les polices belge et française et pourchassé par la vindicte d'une secte néo-templière en voulant à ma vie et surtout au coffre que je possède.

Je me présente donc sous le faux nom « Jan van Nijvel », car je suis d'origine flamande, bien que né dans le Brabant wallon, dans cette bonne ville ancestrale de Nivelles.

La rue où j'ai vu le jour était constituée de maisons de rangée d'une gamme supérieure à celle des habitations ouvrières, peuplées d'employés, de commerçants, de retraités. La porte d'entrée de la maison familiale s'ouvrait sur un corridor distribuant les pièces en enfilade : salon, salle à manger, cuisine avec une serre attenante où s'épanouissait une vigne, du frankenthal.

En parallèle de la rue s'élevait un talus de chemin de fer supportant la ligne Charleroi-Bruxelles. Les trains, lors de mon adolescence, passaient à hauteur de la fenêtre de la chambre que j'occupais avec ma mère, jusqu'à ce que j'obtienne un logement indépendant aménagé dans une partie du grenier. Mon grand-père, expert-comptable aux papeteries Delcroix, avait choisi ce lieu pour sa proximité avec la gare de l'Est - cent mètres à vol d'oiseau -, le train étant à l'époque le moyen de transport le plus utilisé.

De l'autre côté du talus, les ruines de l'ancienne ferme Saint-Jean-de-Rhodes, détruite en 1940 par la Luftwaffe qui visait la gare ; ces bâtiments étaient à l'origine une chapelle templière dépendant de la commanderie de Vaillampont située à Thines, à deux kilomètres, avant d'être attribuée aux chevaliers de l'ordre de Malte après la chute des Templiers. Cette commanderie est aujourd'hui un restaurant de luxe.

Le lieu de naissance conditionne notre futur car nous sommes imprégnés du passé, de la mémoire des pierres, des traces fugaces des anciens habitants, des noms de lieux qui, bien que déformés, racontent le passé aux cherchants, dont je suis.

Derrière ces ruines, une école de filles attenante à une école gardienne dirigée par sœur Gudule, aidée par une laïque : Mlle Ladsous. C'est là que je fus inscrit à l'âge de 4 ans, quelques mois après l'évacuation de 1940. Nous avions été mitraillés par les stukas tandis que nous étions réfugiés au fond du jardin, couchés derrière un petit mur de cinquante centimètres séparant les jardins de cette partie de la rue de ceux qui leur étaient perpendiculaires car la rue faisait un coude à quarante-cinq degrés.

Vision de cauchemar, on distingue nettement la tête des pilotes, casque de cuir et grosses lunettes, dans leurs machines volantes semblables à de gigantesques ptérodactyles de métal rasant les toits pour mieux nous atteindre, mitraillant et lâchant des bombes incendiaires ; ville martyre dont le centre fut entièrement brûlé, y compris cette merveilleuse collégiale Sainte-Gertrude dont la dernière reconstruction avait été inaugurée en 1050 par l'empereur d'Allemagne, ce qui est pour le moins paradoxal.

Je revois la flèche de la collégiale millénaire qui s'élevait à cent mètres se tordre et s'écrouler en flamme juste avant notre départ sur les routes de l'exil vers la France, dans le tram à vapeur qui nous emporterait - du moins on l'espérait - vers une certaine sécurité. On pataugeait dans des débris fumants, l'autre partie de la rue avait brûlé, la fonderie Debiemme et les maisons attenantes étaient détruites, on enjambait des fils électriques crépitants, des cadavres de chevaux, avant de prendre d'assaut ce moyen de locomotion d'un autre âge qui, au bout de quelques kilomètres, fut attaqué par un avion en recherche de proie. Sous la mitraille, nous nous réfugiâmes dans un fossé plein d'orties qui curieusement ne piquaient pas : la peur était plus forte !

Bombardé, le tram recula en écrasant ceux qui s'étaient réfugiés sous lui. Notre équipée continua à pied, marche qui s'acheva à Mouscron, ville-frontière fermée à la suite de la capitulation de l'armée belge. Cette pauvre armée belge en retard d'une guerre, envoyée au casse-pipe, sous-équipée... Pour exemple ce régiment cycliste, un fusil pour deux, envoyé pour contrer les chars teutons ! Comme en Pologne où les lanciers à cheval chargèrent les panzers !

Retour dans notre maison miraculeusement épargnée, ainsi que toute la rangée le long de la voie ferrée.

L'école gardienne ouvrit en septembre 1940, j'y fus inscrit en même temps que les autres enfants, filles et garçons, la majorité sans père, ces derniers ayant été soit tués à la guerre, soit faits prisonniers en Allemagne, ou, comme moi, parce qu'orphelins de naissance.

Il me reste quelques souvenirs de cette époque : les marrons d'Inde que sœur Gudule nous faisait ramasser et que sa congrégation transformait en savon, la cuillère d'huile de foie de morue que l'on nous forçait à avaler chaque jour, le bonnet d'âne qui me fut infligé un jour à ma grande honte, les jetons de couleur qu'il fallait assembler - ce qui me fut impossible à réaliser et mit en lumière mon daltonisme -, le grand massif de *Rosa rugosa* dans la cour de récréation et les ruines adjacentes de l'ancienne chapelle dans laquelle nous allions jouer en toute illégalité... C'est d'ailleurs à cet endroit que je fis une découverte : un passage secret dans l'épaisseur des murs ! Je ne le dis à personne sauf à mon cousin Jean-Pierre, c'était notre secret et c'est bien plus tard que celui-ci eut un prolongement, après la fin de la guerre, lorsque, une fois mes études primaires chez les Frères des Écoles chrétiennes terminées, nous nous faisions traiter de « penneux » par les élèves de l'école publique - suivant la tradition, les frères ne pouvaient pas fumer, cependant ils avaient le droit de priser du tabac, de *penner* ! Nous répliquions en les traitant d'oignons pourris, c'était de bonne guerre.

Le chemin de fer était cerné par deux rues parallèles que l'on pouvait rejoindre par un pont creusé dans le talus supportant la voie ferrée : no man's land entre deux bandes qui se retrouvaient pour leurs exploits communs. Un parapet coiffait la sortie du pont et c'est dans cet abri à ciel ouvert qu'étaient cachées des armes dépareillées, des fusils allemands crosses brisées récupérés par deux fous furieux - mon cousin et moi - inconscients des risques pris, dans un lieu où elles étaient stockées en attendant réparation, une vieille malterie désaffectée en face de la gare de Baulers, village attenant à Nivelles, en contrebas du jardin de l'oncle Lucien, père de mon cousin. Une vitre brisée nous avait permis ce larcin qui aurait pu nous mener à la mort... L'inconscience d'une jeunesse laissée à elle-même sans directive.

Les gars d'en face nous avaient enseigné la façon d'enlever la pointe, la balle, entre deux briques mal jointes d'un mur, de la remplacer par une rondelle de pomme de terre afin d'éviter la perte de la poudre, de relier ensemble six fusils chargés de ces nouveaux projectiles et d'obtenir ainsi un mini-orgue de Staline ! Ce dernier fut inauguré dans le tunnel où par malheur passait Mme Mathieu, épouse d'un commissaire de police à la retraite. Je passe sur l'angoisse qui s'empara de nous durant l'enquête qui n'aboutit heureusement pas... Les fusils furent enterrés pour éviter toutes représailles et les garnements se tinrent cois pendant un certain temps avant de reprendre leurs activités pas très catholiques.

J'ai en mémoire ce container parachuté par les avions anglais à la Résistance et tombé dans le pré dit du « Trou-d'Obus », vestige de la guerre 14-18, paradis des tritons bleus à ventre orange. Les armes furent récupérées par l'Armée blanche à l'exception d'un canot pneumatique dont nous nous emparâmes... mais quid de son utilisation ? Pas d'étang à proximité mais beaucoup de sources, la plupart captées pour alimenter la ville, mais pas toutes. On décida donc, tous réunis comme chaque fois qu'il s'agissait de faire un mauvais coup, d'inonder le pré Broquet en contrebas d'une vanne régulant le cours du petit ruisseau alimenté par une importante source, le résultat débouchant rapidement sur une étendue d'eau qui nous permit en fin de journée d'utiliser notre pneumatique ! Je vous laisse deviner la tête du fermier le lendemain quand il vint mettre ses vaches en pâture !

Je frémis encore à mon âge avancé de ce qui aurait pu se passer... Combien de drames évités ? Ce n'était pas l'heure.

En 1944, la ville fut libérée par les Américains, une Jeep arriva en premier au bas de la rue de Namur et la mère d'un condisciple leur parla en anglais, ceci quelques heures après le départ en bon ordre des troupes allemandes, colonne de panzers remontant à trois de front la rue de Namur. J'étais avec ma mère devant les établissements Gondry quand la colonne s'arrêta : un chef de char de noir vêtu sauta de sa machine, vint près de nous, terrorisés, et d'un air abattu nous dit « Triste la guerre » avant de remonter dans son engin. Il avait sans doute un enfant de mon âge !

En 1945, une forteresse volante en difficulté tenta d'atterrir au champ d'aviation situé au nord de la ville mais, la piste étant trop courte pour ce nouveau type d'avion, celui-ci termina sa course en surplomb d'un chemin creux ! Ce fut notre nouveau terrain de jeu : nous récupérions le kérosène au moyen d'une boîte de conserve pendue au bout d'un fil de fer dans les réservoirs à moitié pleins pour alimenter un bon feu dans lequel nous jetions des poignées de cartouches qui pétaient dans tous les sens... Feu d'artifice garanti ! Pendant ce temps, mon ami Christian démontait une mitrailleuse qu'il traîna jusqu'à son domicile : celle-ci fut enterrée immédiatement par son père revenu d'un camp de prisonniers et redécouverte récemment.

Durant mes études secondaires peu brillantes au collège Sainte-Gertrude, j'appris que les ruines de la chapelle allaient être rasées – la reconstruction battait son plein dans cette période d'après-guerre. Décision fut prise de retourner une dernière fois dans le passage secret que j'avais découvert ; celui-ci s'était délité avec les intempéries et au bout de la cavité, une fois l'endroit déblayé rapidement, apparut l'amorce d'un escalier à vis... Intrigué par cette nouvelle découverte, je repartis en vitesse à mon domicile récupérer une bougie et une boîte d'allumettes, ce qui me permit de commencer l'exploration : l'escalier encombré de gravats descendait dans les profondeurs du sol pour déboucher sur une salle sous la butte où se trouvait l'école de filles. La flamme de la bougie s'éteignit plus d'une fois, il était plus prudent de rebrousser chemin et de revenir accompagné de mon fidèle cousin – ma témérité naturelle avait déjà failli me jouer des tours auparavant, notamment quand je m'étais introduit dans le conduit où se déversait un petit ruisseau où nous pêchions des épinoches, sans lumière, manquant de tomber dans un puits correspondant avec les égouts.

Nous revînmes tous deux équipés d'une lampe de poche, de nuit pour ne pas éveiller la curiosité des voisins de ces ruines dont les nombreux rejetons étaient nos ennemis - on se caillassait régulièrement de part et d'autre de la voie ferrée avec les cailloux du ballast ! C'était plus *hart* que la guerre des boutons ! Un jour, un de notre bande, Daniel, fait prisonnier, fut retrouvé le lendemain frigorifié, nu, attaché à un arbre ! Nous étions des « gamins de rue », comme nous désignaient avec condescendance les bons bourgeois. Notre exploration nous mena dans une crypte où se trouvaient de nombreuses cornues et cucurbites, des flacons divers et un four qui se révéla plus tard être un athanor. Sur le mur du fond, gravé dans la pierre bleue caractéristique de la région, le carré Sator frappé d'une croix rouge à huit branches dont je découvris lors de recherches tardives que celle-ci représentait la croix des Huit Béatitudes, bijou qu'arborait le grand maître du temple et qui servait à décrypter l'alphabet templier. Sous cette gravure, un coffre que nous eûmes beaucoup de difficultés à remonter au jour, mais nous étions costauds tous les deux.

En catimini nous parvînmes à le monter jusqu'au grenier, qui avait la particularité d'avoir été amputé d'une partie pour y construire une mansarde. Le toit de celle-ci formait ce que le grand-père appelait un ponton, endroit où jamais personne ne mettait les pieds. C'est là que nous hissâmes le coffre.

La semaine suivante, un bulldozer rasa les ruines sous la direction d'un chef de chantier qui ne voulut pas prendre en compte l'intérêt de la crypte - il ne fallait surtout pas alerter les services archéologiques, qui auraient fait arrêter les travaux. Ainsi disparurent à jamais plusieurs siècles d'histoire.

Dans les jours qui suivirent, nous essayâmes vainement d'ouvrir le coffre. C'était une serrure à secret et les imposantes ferrures le rendaient inviolable. Et puis le temps passa et il prit la poussière pendant des années, les centres d'intérêt d'un adolescent se tournant plutôt vers le sport et les filles, deux activités qui m'occupèrent plus que mes études, que je bâclais littéralement. L'épisode vécu de la guerre et de sa suite avait déboussolé une grande partie de la jeunesse.

Ma mère travaillait pour me nourrir, je n'avais pas de père (décédé avant ma naissance) comme référence, mes grands-parents, adorables, étaient vieillissants et moi je profitais de ma jeunesse insouciante ; malgré tout je réussis un examen d'entrée dans une école d'ingénieur nouvellement créée mais ce n'était pas ma vocation, étant plutôt littéraire. Je suivis donc les cours de première année en dilettante pour abandonner au bout d'un trimestre, cassant mon sursis militaire pour effectuer mon service en Allemagne occupée. Sur ces entrefaites, je me fiançai avec une jeune institutrice française, conséquence de la guerre, une partie de ma famille ayant évacué en Ardèche où elle avait été aidée par des voisins qui avaient deux petites filles dont je fis la connaissance incidemment quinze ans plus tard, lors d'un voyage vers la Côte d'Azur. La plus jeune de ces deux filles croisa ma route deux années plus tard par hasard - mais le hasard existe-t-il - parmi la foule de pèlerins à Lourdes où elle effectuait un pèlerinage alors que moi je faisais partie d'une troupe de routiers belges chargée d'accompagner les malades à la grotte, un camp de service. Cette jeune fille de 20 ans devint ma fiancée avant que je ne l'épouse après la fin de mon service militaire en Allemagne. Il me fut toutefois impossible de trouver du travail en France du fait de l'interdiction du préfet de l'Ardèche me donnant l'autorisation d'épouser ma promise sous condition de m'engager sur l'honneur de ne jamais travailler en France *(sic)*, la libre circulation des travailleurs n'existant pas à l'époque.

CHAPITRE II

Premier incident

Ayant effectué plusieurs emplois subalternes en Belgique et non satisfait de mon sort, je repris mes études interrompues d'ingénieur industriel, ce qui me permit de décrocher un emploi en France, à Grenoble, auprès d'une société française de montage industriel. Là aussi, j'ai eu maille à partir avec le préfet de l'Isère pour obtenir l'autorisation de travailler, malgré mon contrat ! Lors de l'entrevue que j'avais réussi à obtenir auprès de celui-ci, il me regarda de haut et me dit, imbu de son importance : « Monsieur, qu'apportez-vous de plus qu'un ingénieur français ? » Comme j'étais trilingue français-anglais-néerlandais avec de bonnes notions d'allemand et d'italien, l'autorisation fut immédiate, car à l'époque les ingénieurs français ne parlaient même pas l'anglais.

Le déménagement fut organisé, départ de Nivelles vers La Voulte-sur-Rhône où l'ensemble des meubles, valises de vêtements et bibelots fut entreposé dans le local annexe que possédaient mes beaux-parents en attendant un logement définitif dans la région grenobloise.

C'est durant ce transfert que le fameux coffre oublié réapparut. La femme de ménage de mes parents, Palmyre, une caricature sortie d'un tableau de Brueghel, avait profité de l'événement pour faire un grand nettoyage de la cave au grenier : tout ce qui semblait inutile fut intégré au camion de déménagement, entre autres une baignoire en zinc utilisée dans ma jeunesse avant l'aménagement d'une salle de bains, à l'époque inexistante dans les classes moyennes, *a fortiori* chez les ouvriers... sauf chez les bourgeois, même les WC étaient à l'extérieur.

J'avais récupéré aussi quelques armes de guerre échappées au grand nettoyage de ma chambre d'adolescent qui dans cette période troublée d'après-guerre constituait une simili armurerie : bandes de mitrailleuse récupérées dans la carcasse du B-29, grenades à manche allemandes découvertes dans un tas de sable lors de vacances à Mont-Saint-Guibert, plusieurs fusils à crosse cassée en provenance de la malterie de Baulers, un Steyr autrichien - don du maçon qui m'aidait à restaurer ma maison de campagne ardéchoise -, un P08 - le fameux Luger -, un P38 et un Mauser 1912 récupéré dans une ferme abandonnée près de Meylan, ville qui abrita ma demeure principale. Ce Mauser fut testé en Ardèche, ainsi que la mitraillette Schmeisser trouvée dans un fossé près de Bastogne quelques années après la célèbre bataille des Ardennes. Le P08 et le P38 avaient été achetés à un passionné d'armes de l'est de la France qui me les livra avec plusieurs centaines de cartouches ; j'appris par son intermédiaire l'existence d'un fructueux et intense trafic d'armes dans cette région où elles pullulaient ! Il me raconta même cette histoire incroyable d'un char Tigre en parfait état caché sous la paille dans une grange en Belgique et que l'on remit en marche pour traverser la frontière par des chemins de traverse la nuit pour le livrer à un collectionneur fortuné ! Bref, tout cela pour dire que j'étais armé et pouvais me défendre si d'aventure j'étais menacé – cas bien improbable : je ne connaissais aucun ennemi justifiant les grands moyens ! La suite me démontrerait le contraire de façon brutale.

Je fis la connaissance d'un brocanteur dénommé La Tulipe et qui tenait boutique dans la ville du Pouzin, gitan sédentarisé qui roulait dans une Bentley auparavant propriété d'un consul moyen-oriental et dans laquelle il paradait avec sa nombreuse progéniture. Un jour où je chinais chez lui, il me signala qu'une personne très bien mise recherchait un Belge habitant la région et que ses explications lui avaient paru sujettes à caution ; il me demanda si je n'avais rien à me reprocher, son instinct de communauté traquée percevant un danger potentiel. Ne prenant pas cet avertissement au sérieux, je l'oubliai momentanément, jusqu'à ce que ma belle-mère, qui tenait un petit commerce de fruits et légumes provenant de leur exploitation, me prévînt de la visite d'un monsieur distingué se disant mon ami et qui cherchait à me rencontrer. Une petite lumière se mit à clignoter dans mon cerveau : « Qu'est-ce que cela veut dire ? » Le soir même, coup de téléphone de ma mère en provenance de Nivelles, qui, après quelques renseignements sur la famille, me dit avoir donné l'adresse de mes beaux-parents ardéchois à une personne se présentant comme un ancien professeur. Le lien était fait... mais quid de ce professeur ?

Le lendemain, tandis que je me trouvais chez mes beaux-parents, débarqua un personnage tel que décrit précédemment par le brocanteur. D'emblée il me dit venir récupérer un bien appartenant à sa communauté : le coffre récupéré des années auparavant dans les ruines de la chapelle templière... Comment était-il au courant ? Tout simplement par un article paru dans la revue historique locale, le *Rif tout dju*, où il m'arrivait parfois d'écrire un article : à la demande du rédacteur d'évoquer ma jeunesse nivelloise, j'avais signalé cette découverte parmi les nombreuses anecdotes.

Son ton n'était pas amical : « Où est ce coffre ? L'avez-vous ouvert ? » Non, il n'avait pas été ouvert, et devant son insistance je ne dévoilai pas le lieu où il était stocké. Il devint alors menaçant en me disant qu'il m'enverrait demain son garde du corps – qui se révélerait plus tard être un ancien SS de l'équipe

Skorzeny, certainement un tueur –, puis il s'en alla sans un regard.

Sentant intuitivement le danger, conseil fut donné à mes beaux-parents de s'absenter le lendemain : ils partirent à Crest chez une sœur qui possédait une ferme ; quant à moi, je me réfugiai dans ma petite fermette en cours de restauration au sommet d'une colline, à trois kilomètres du village de Saint-Cierge-la-Serre. J'avais acquis ce bâtiment en partie en ruine pour une bouchée de pain – c'était avant le déferlement hollandais qui rendit ensuite tout achat prohibitif dans cette région.

Deux jours passent sans incident. Le troisième, j'entends des cris en contrebas de ma propriété – celle-ci jouxte une parcelle avec un abri de berger où un couple de cousins belges passe ses vacances. Je descends, P38 à la ceinture, et trouve ma cousine en pleurs : un individu est venu frapper à leur porte, s'est rué à l'intérieur dès l'ouverture, a saisi mon cousin en hurlant « Où est le coffre ? » et, face à son incompréhension, lui a donné deux coups avec un stylet, formant un X sur sa poitrine, pas trop profond heureusement. Ce cousin a tout de suite été pris en charge par un voisin qui gardait ses moutons à proximité et qui le conduit à l'hôpital de Valence.

C'est du sérieux, l'homme s'est trompé de cible... D'après la description faite par ma cousine, ce n'était pas celui qui était venu me voir précédemment mais le fameux garde du corps annoncé trois jours auparavant.

Je remonte dans ma fermette, préviens ma famille par téléphone - la ligne a été installée il y a peu - de se mettre à couvert et j'organise ma défense. La bâtisse a l'avantage de se trouver en hauteur, adossée au rocher avec une vue panoramique, et, heureusement, j'avais auparavant stocké mes armes illicites, non déclarées, dans cet endroit isolé. Bien m'en avait pris...

Le Mauser est alimenté (cinq cartouches), le P38 (douze), le Schmeisser 32 coups ainsi que le Luger avec ses munitions spéciales ! Dans la chambre, ma carabine 22 long rifle est fixée à une chaise devant la fenêtre entrouverte, c'est une Remington semi-automatique dont la gâchette est reliée à une ficelle coulissant dans une petite poulie servant de renvoi d'angle, l'extrémité du lien aboutissant à la pièce d'en bas où je suis positionné, prêt à actionner ce dispositif.

Quelques heures d'attente et je distingue dans mes jumelles un mouvement en contrebas. Ils n'ont pas perdu de temps et n'ont pas peur d'agir en plein jour, la maison est isolée à trois kilomètres de toute vie, ils sont deux, le distingué et le tueur, avec ce que je crois être des kalachnikovs. Ils montent lentement sans se cacher, sûrs de leur coup ; arrivés au deuxième échant, ils se mettent en position et me donnent cinq minutes pour sortir le coffre ! En réaction, j'actionne ma Remington qui lâche ses quinze coups : aussitôt ils commencent à arroser la maison d'une pluie de balles. Mes murs de pierre de cinquante centimètres d'épaisseur ne craignent rien mais les fenêtres éclatent, j'attends calmement la suite, ils avancent à découvert en lâchant de temps en temps quelques coups de feu en direction de l'étage d'où est parti le tir, ils sont maintenant à vingt mètres, c'est le moment, je me découvre à un endroit où ils ne m'attendaient pas, obnubilés par la fenêtre d'où venaient les premiers coups de feu, et lâche une rafale avec le Schmeisser, le distingué tombe mais la terreur s'échappe en roulé-boulé et dévale vers la forêt. Premier round... Je sais que la suite va être décisive, les coups de feu ont résonné dans la montagne et, bien que le village soit à trois kilomètres, les habitants doivent être alertés, de même que la gendarmerie de La Voulte prévenue par l'hôpital de Valence de l'agression de cousin et qui doit être en route pour l'enquête... Le temps m'est compté.

En observant la lisière de la forêt, je distingue mon adversaire qui entreprend un contournement. Il est donc largement hors de portée de mon Schmeisser, mais je n'ai pas utilisé mon arme secrète, le vieux Mauser capable de descendre un homme à un kilomètre. Je le laisse progresser par bonds successifs jusqu'au petit talus bordé par un énorme bloc de granit : à cet endroit, il sera obligé de se découvrir pour contourner cet obstacle... encore quelques mètres... ça y est : hausse cent mètres feu, un pantin désarticulé gît désormais à l'ombre de ce rocher. L'ancien tireur d'élite n'a pas perdu la main !

Maintenant il faut faire vite, la pelle et la pioche, il existe déjà une petite cavité creusée pour une future retenue d'eau, elle fera l'affaire. Le gaillard est lourd à tirer mais je suis costaud et hop, dans la fosse, vite recouvert de gore facile à extraire. Ensuite, le second. Pour lui, ce sera une sépulture dans le champ de navets comme pour Judas : le sol est meuble, creusé avec diligence et recouvert illico ni vu ni connu. Maintenant il me faut ramasser le maximum de douilles, planquer les armes dans le faux grenier !

Il était temps. La maréchaussée arrive en bas, chez la cousine. Je descends innocemment pour témoigner que je n'ai rien vu, à part ma cousine sanglotant Il s'agit certainement d'un rôdeur, déjà deux tentatives de cambriolage chez elle et chez moi. Si j'ai entendu des coups de feu ? Oui, beaucoup, certainement des braconniers hors période de chasse, les sangliers et les chevreuils sont nombreux, ils utilisent des armes de guerre modifiées et les restaurants de la vallée sont friands de cette viande bon marché et très prisée des consommateurs.

Les investigations se limitèrent à ces quelques renseignements, les gendarmes ne montant heureusement pas vers ma résidence secondaire... À moi dès lors de réparer en vitesse les vitres cassées et les volets troués. Mon ami le maire, alerté par mes soins, ne posa pas de questions, et son frère artisan me répara tout, muet comme une carpe... Tous deux étaient habitués à régler les problèmes à l'ancienne. C'était un prêté pour un rendu, je les avais aidés lorsqu'ils étaient jeunes et avaient surpris l'ancien maire, un potentat local, en train de violer leur mère dans la maison d'hôtes qu'elle tenait dans un endroit retiré. Ils l'avaient abattu à coups de gourdin ! Paniqués, ils avaient fait appel à moi et j'avais pris le relais. Je m'étais chargé de faire disparaître toute trace et d'enterrer le corps. Habitué à disparaître fréquemment pour de nombreuses « galipettes », l'absence de l'ancien maire fut classée sans suite après de vagues recherches.

J'étais, ce jour-là, devenu un meurtrier sans le vouloir, pour défendre ma vie. Il me restait à découvrir le fin mot de l'histoire : qui étaient ces hommes et pourquoi attachaient-ils tant d'importance à ce coffre ?

CHAPITRE III

Le contenu du coffre

Mon ami le gitan, le premier à m'avoir prévenu, devait être capable d'ouvrir ce coffre, il possédait des centaines de clés. Après quelques essais, l'une d'elles, dont l'âme était en forme de trèfle, se révéla être le sésame.

À l'intérieur, des parchemins, certains écrits en latin et d'autres couverts de signes étranges : des V orientés dans toutes les directions, ouverts ou fermés, des losanges, certains pointés... Un langage secret. Un manuscrit plus ancien en provenance de l'abbaye de Cambron se trouvait tout au fond protégé par un velours cramoisi, ainsi qu'une fiole bouchée à l'émeri et contenant une poudre rouge. L'intérieur du couvercle était gravé du même symbole que celui figurant sur le mur au pied duquel j'avais trouvé le coffre : le carré magique Sator inscrit dans un pavé mosaïque et, en surimpression, une croix rouge à huit pointes ! Je découvrirais plus tard qu'il s'agissait de la croix des Huit Béatitudes, qui servait, en plus d'être portée comme bijou par le grand maître des Templiers, de clé de décryptage de leur alphabet secret.

Depuis longtemps je m'intéressais à l'alchimie et au grimoire médiéval sculpté dans la pierre des cathédrales, et j'avais réuni une grande documentation au fil de mes achats réguliers dans une librairie ésotérique de Grenoble, *L'Or du Temps*. Un autre acheteur m'y avait repéré, un médecin-alchimiste qui me conseilla dans un premier temps de lire les écrits de Grasset d'Orcet, savant français qui écrivait de longs articles dans la *Revue britannique* au début du XXe siècle. Il pratiquait la « langue des oiseaux » permettant le décryptage des blasons, premier pas indispensable à qui veut aborder l'étude de l'alchimie ; par son intermédiaire, j'avais été introduit parmi un cercle d'ésotéristes se réunissant tous les samedis aux Trois-Canards, un bistrot grenoblois en face du jardin de ville.

Une alchimiste dont je tairai le nom à sa demande décrypta une partie des manuscrits : les plus anciens documents dataient de la création de la commanderie templière de Vaillampont, de son passage à l'ordre de Malte, après la suppression de l'ordre des Templiers, jusqu'à la Révolution qui supprima les commanderies par un décret de la Convention, le 19 septembre 1712. Les documents alchimiques relatent une continuité de cette activité pendant plusieurs siècles dans ce laboratoire secret après avoir essaimé dans la ville de Nivelles grâce aux chanoines-alchimistes dépendant de l'abbesse, princesse d'Empire, qui dirigeait la ville sans interruption depuis la création de l'abbaye au VIIe siècle par sainte Gertrude.

L'un de ces documents mentionnait l'existence d'une société alchimique comportant trente-trois membres, chacun possédant une demeure portant un nom où figurait le mot magique : OR. La maison judiciaire du fief de Rognon, le « Blanc Lévrier », servait de lieu de réunion des alchimistes. Comme l'enseigne

Grasset d'Orcet, « Lévrier », en cabale phonétique, veut dire : « L'œuvre y est. »

Parmi les maisons claustrales des chanoines-alchimistes, on relevait les appellations suivantes : le Mortier d'Or, la Chaîne d'Or, la Mule d'Or, la Botte d'Or, la Charrue d'Or, la Plume d'Or, la Fontaine d'Or, le Croissant d'Or, le Petit Anneau d'Or, le Grand Anneau d'Or, l'Ancre d'Or, le Pot d'Or, le Casque d'Or, l'Aigle d'Or, la Croix d'Or, le Lion d'Or, la Pomme d'Or, le Pavillon d'Or, la Flèche d'Or, le Dragon d'Or, la Croix d'Or, le Peigne d'Or Couronné, la Coupe d'Or, la Toison d'Or, Orival... En tout, trente-trois demeures.

Chaque année à la Sainte-Anne, les trente-trois se réunissaient dans la crypte située dans le sous-sol du Dragon d'Or, rue de Mons.

De nombreuses appellations à connotation alchimique parsemaient l'ensemble de l'habitat urbain : l'Écharpe Rouge, le Pourpoint Blanc, la Tête Noire nous indiquent les trois grandes étapes de l'œuvre : le « Cœur royal » est la pierre au rouge, la « Grande Violette » une des étapes prouvant que l'on est sur le bon chemin de la réalisation, et, dans la rue Sainte-Anne, patronne de l'alchimie, on y découvre la maison du Cerf-Volant, le *Servus fugitivus*, matière utilisée lors des opérations alchimiques ; à côté de la porte Sainte-Anne, « l'Homme sauvage », c'est-à-dire la matière première.

La petite graine semée par le chapelain templier avait germé et transformé la ville en ruche alchimique...

CHAPITRE IV

Ardèche : grand nettoyage

Toujours présent en Ardèche sur le lieu de cette tragédie qui avait vu la mort de deux personnes inconnues, je fis appel à mon cousin Jean-Pierre, la seule personne en qui j'avais une totale confiance pour effacer toute trace. Élevés ensemble, nous formions un duo de choc, à la vie à la mort.

Ce dernier sauta donc dans sa voiture et, mille kilomètres plus loin, débarqua en Ardèche, où je lui expliquai en deux mots le déroulé des événements.

Sans plus attendre, il m'aida à creuser des trous plus profonds pour faire disparaître les deux corps après avoir retiré leurs vêtements et effets personnels que nous brûlâmes, à l'exception de leurs papiers qui furent révélateurs de l'identité et de la provenance de ces tueurs : ils appartenaient au Grand Prieuré de Belgique, une survivance néo-templière... Tout devenait clair : le coffre devait contenir un secret important, vital pour l'ordre.

La besogne accomplie, je lui confiai la protection de ma mère et la mission de me prévenir si d'aventure le prieuré se manifestait de nouveau - ce qui était prévisible - à la suite de la disparition de deux de leurs membres. Ceux-ci avaient-ils informé leur hiérarchie de l'avancement de leurs recherches ? L'avenir me le dirait, mais j'étais désormais sur mes gardes.

CHAPITRE V

La commanderie de Vaillampont, XIVe siècle

Cette commanderie fondée au XIIe siècle est érigée à Thines, petit village satellite de la ville de Nivelles dans le Brabant wallon, importante cité moyenâgeuse fondée au VIIe siècle autour d'une abbaye par Gertrude et sa mère Itte, épouse de Pépin de Landen, maire de palais : de cette famille naîtra la nouvelle dynastie des Carolingiens grâce à la descendance de la sœur de Gertrude, Begge, épouse d'Ansegisel.

Cette ville de Nivelles abrite la tombe de la première femme de Charlemagne, Hilmentrude, mère de Pépin le Bossu, ainsi que celle d'Ermentrude, fille du comte Rénier et de son épouse Hedwige, fille d'Hugues Capet, fondateur des Capétiens. L'abbaye prit une ampleur considérable en peu de temps : un acte d'Otton II daté de 972 estime le domaine à 14 000 manses, soit 168 000 hectares.

La particularité de la commanderie de Vaillampont est de dépendre des ducs de Brabant, donc du roi de France, alors que la ville de Nivelles, dirigée par des abbesses, princesses d'Empire, est sous la juridiction de ce dernier. Ceci a une grande importance pour la suite du récit.

L'extension de cette commanderie se fit au cours des siècles. En 1209, le fief de Thines leur fut cédé par le chevalier Franco d'Arquennes ; les Templiers achètent ensuite les terres du fief de Rognon à Nivelles ; en 1213, c'est le châtelain de Bruxelles ainsi qu'Othon III de Trazegnies qui leur octroient des biens.

En 1284, le commandeur frère Georges entre en conflit avec l'abbesse de Nivelles pour un prétendu commerce de vin dont l'abbaye avait le monopole, possédant des vignobles tant dans l'Aisne et dans l'Oise que dans les vallées du Rhin et de la Moselle.

Les Templiers possèdent des biens à l'intérieur de la ville, à la Neuve Rue, ainsi que deux moulins dont le neuf de 1271 qui comportait quatre meules ; le domaine de 540 hectares abritait de nombreuses fermes, des étangs, des bois, une brasserie, une forge, et les droits de haute et moyenne justice. Le chapitre provincial de 1257 nous indique l'existence d'une chapelle dans les Hauts de Clarisse, lieu stratégique où s'écoulaient de nombreuses sources.

Les conflits avec la ville de Nivelles sont peu fréquents, en revanche les abbesses, qui dirigent la ville, ont de plus en plus de mal à la gérer. Qui étaient ces abbesses ?

Au VIIe siècle, l'évangélisation de l'ancienne Gaule Belgique bat son plein avec l'aide des moines irlandais. À Nivelles, lieu de résidence du maire de palais Pépin de Landen qui y possède une vaste villa régnant sur une propriété de 540 hectares. À son décès, sa veuve Itte, sous les instances de saint Amand, établit dans son domaine une abbaye double et place sa fille Gertrude à la tête de la congrégation qui, au cours des siècles, sera régie par différentes règles. Jusqu'au IXe siècle, ce fut une institution régulière, règle mixte columbo-bénédictine qui ensuite devint d'abord un chapitre de chanoines-chanoinesses moniales pour se séculariser ensuite complètement. La politique de sécularisation mise en pratique par les Carolingiens fit sentir ses effets à Nivelles qui abandonna les anciens statuts pour en adopter d'autres moins sévères ; au début du IXe siècle, on assiste au remplacement des Bénédictines par des chanoinesses, la population monacale devenant canoniale, la situation matérielle se stabilisera par l'établissement de sa mense par Charles le Chauve, ce qui lui permettra d'accéder à une période d'éclat aux Xe et XIe siècles et ensuite de péricliter à cause d'une lutte acharnée contre un avoué puissant et une certaine indifférence en matière religieuse engendrant d'inévitables effets négatifs sur le temporel. Le traité de Meerssen le 8 août 870 englobe Nivelles dans le territoire de Charles le Chauve et l'abbaye devient un bien royal.

Dans la période précédant l'an 1000, les abbesses sont des laïques. Mathilde, épouse d'Henri Ier l'Oiseleur, devient abbesse en 972 et c'est Théophano, femme d'Otton III, qui reçoit en domaine le monastère et ses possessions. Une semi-réforme apparaît au XIe siècle avec la mise en place d'une abbesse ayant la même discipline que les religieuses, bien que l'abbaye soit toujours possédée par une laïque : cela permit de ralentir pour un certain temps le glissement du chapitre vers la sécularisation totale.

Le XIVe siècle fut assez agité du fait de l'émergence du « mouvement des béguines » initié à Nivelles par Marie d'Oignies. Ce mouvement avait pris une énorme extension auprès des veuves, des célibataires et de la petite bourgeoisie qui compta près de deux mille membres. Cette époque traversera différents courants : le réalisme évangélique de Joachim de Flore, la spéculation de Duvil de Dinant et d'Amaury de Bène, l'anarchisme des Frères du Libre-Esprit, les aberrations dépravantes des béghards, l'effervescence provoquée par les flagellants... C'est aussi le moment où Ruysbrœck se retire à Grœnendæl, lieu où il développe sa mystique spéculative ; avec les scolastiques il puise à la source de l'aristotélisme, avec les mystiques à celle du néoplatonisme.

L'abbaye atteint son apogée au XVIIe siècle, où son agglomération s'agrandit pour devenir une ville, attirant ainsi l'intérêt du comte de Louvain, avoué de l'abbaye. Le comte s'introduit partout à Nivelles, règne au marché et lève les tonlieux, il dirige en outre l'atelier monétaire et ses profits, est maître des moulins et des brasseries et a le monopole du malt, utilisé pour la fabrication de la bière ; de plus, les serfs des habitants sont soumis à sa juridiction. Il se substitue donc à l'abbesse qui réagit auprès du roi Henri III qui restitue à l'abbaye les biens usurpés tout en reconnaissant l'hérédité de la charge d'avoué de la maison de Louvain. Le comte Otton étant mort, c'est son oncle Lambert qui lui succède et qui remet en cause les accords de son prédécesseur, parvenant à restreindre les restitutions, et cette lutte va continuer dans les siècles à venir avec les ducs de Brabant, considérant les possessions monastiques comme les leurs.

L'abbaye n'a jamais fait partie du patrimoine primitif de la maison de Louvain : Nivelles, terre d'Empire, relève juridiquement du chef de celui-ci, le duc en principe n'y exerce que le droit d'avoué, mais l'affaiblissement progressif du pouvoir royal en Allemagne permettra au duc établir son autorité grâce à d'habiles volte-face. En tant que guelfe il avait obtenu d'Othon IV la cession de l'abbaye et de la ville de Nivelles en fief mais, le vent tournant, il passa au clan gibelin, auquel il obtint d'appréciables accroissements territoriaux.

Le 9 juin 1230, le roi Henri VII, afin de contrer l'évêque de Liège qui s'allie avec le duc de Brabant, octroie trois diplômes à Ode de Leez, abbesse de Nivelles, et la désigne en tant que princesse d'Empire. Arrive la période dite du « Grand Interrègne » durant laquelle le Brabant s'émancipe de plus en plus de l'Empire de telle sorte que Rodolphe Ier de Habsbourg remet au duc Jean Ier la possession de Nivelles : c'est un jeu d'influences à qui perd gagne.

Lors du couronnement d'Albert Ier de Habsbourg le 24 août 1298 à Aix-la-Chapelle, le duc Jean II fait confirmer les fiefs obtenus auparavant dont l'abbaye de Nivelles, confirmation le 6 janvier 1309 lors du couronnement de son beau-frère Jean II comte de Luxembourg qui remplaça Albert Ier sous le nom d'Henri VII, ce dernier étant assassiné.

Pour contrebalancer l'autorité de l'abbesse, les ducs successifs usent d'un procédé lent mais sûr en prenant pied à l'intérieur de la ville, ils créent à leur profit des îlots indépendants du pouvoir temporel de l'abbaye, leurs efforts étant favorisés par le fait que la ville et sa banlieue relèvent de juridictions différentes : empire et royauté.

Les ducs possèdent dès la fin du XIIIe siècle une seigneurie située entre la porte de Namur et les hauteurs de Clarisse au lieu-dit « la Chapelle ». Celle-ci appartient aux Templiers de la commanderie de Vaillampont (se trouvant dans la paroisse de Thines) dont les seigneurs sont les ducs de Brabant dépendant du roi de France, mais les Templiers sont aussi implantés à l'intérieur de la ville, qui dépend de l'Empire, où ils exercent le commerce de vin. Les conflits sont récurrents, chacun possédant le pouvoir de haute et basse justice : le duc, l'abbesse, les Templiers.

L'abbaye en désespoir de cause utilisa même des moyens spectaculaires comme l'humiliation des reliques de sainte Gertrude.

Un document de l'abbaye consigne ce fait au XIIIe siècle :

« Ce sunt li forfait he li Duc at fait a l'abbesse qui he li cors sains refut mis a terre. »

En ce début du XIVe siècle, c'est Yolande de Stein qui a la charge d'abbesse. En plus de ces rivalités abbesse-duc-Templiers, les bourgeois de la ville sont durement taxés par le duc, 20 000 livres tournois. Pour ce faire la ville emprunte aux usuriers Lombard qui poursuivaient leur négoce malgré l'interdiction de l'évêque de Liège. Les conflits sont tels qu'ils impliquent non seulement les abbesses mais aussi le duc ainsi que le roi, l'empereur et le pape qui sont sollicités tour à tour.

À cette époque, Nivelles est une ville importante dans cette région du monde et la situation de la commanderie de Vaillampont nous renseigne sur ce qui se passe ce 12 octobre 1307 : l'arrivée impromptue d'Hugues de Chalon en provenance de Volaine, prieuré de Champagne à cheval sur deux juridictions comme Vaillampont, entre France et Empire. Il est le fils de Gérard de Villiers, templier précepteur de France ! Reçu immédiatement par le commandeur, il lui fait part de l'arrestation imminente de tous les Templiers le lendemain 13 octobre. Il fait étape avant de se réfugier dans cette zone d'entre-deux près de l'abbaye de Cambron, où il confiera une partie du trésor ainsi que des archives et documents secrets de l'Ordre qu'il a réussi à soustraire à la convoitise de Philippe le Bel (son père, de son côté, a pris la mer avec dix-huit galères chargées d'or en direction de l'Écosse). Sa demande est d'obtenir une escorte qui chevauchera de nuit : demande acceptée.

L'abbaye de Cambron est bâtie dans une région dénommée « Terre des Débats », lieu de discorde entre la France et l'Empire, entre Flandre et Hainaut, c'est là que se réfugie le templier flamand, qui a pour mission de soustraire les biens du Temple à la convoitise, la rapacité de Philippe le Bel et du pape félon.

Après une longue attente et l'espoir de voir renaître le Temple, l'exécution du grand maître Jacques de Molay anéantit tout espoir. Le vieux templier devenu frère convers à Combronchaux, domaine agricole de l'abbaye de Cambron, ce qui lui permet de surveiller l'endroit où est caché le trésor du temple, décède, suivi par l'abbé de Cambron : des trois seules personnes au courant de l'endroit où est caché le trésor ne survit qu'Yves de Lessines, devenu prieur ! Ce dernier va mettre par écrit le lieu de la cache mais sous une forme telle que seul pourra le déchiffrer celui dont le destin sera de faire renaître l'Ordre.

« Estant assis de nuict secrete estude, seul, repose sur la chaise d'airain. »

Branle-bas dans la commanderie, les archives de celle-ci seront mises dans la « boëte à l'enchanteur » et cachées dans un lieu secret de la chapelle des Hauts de Clarisse.

Le chapelain est envoyé en toute hâte auprès de l'abbesse Yolande de Stein en froid avec le pape Clément V qui l'a excommuniée parce que le chapitre a nommé un nouveau prévôt, Nicolas de Stein, parent de l'abbesse, à la mort de l'ancien prévôt Godefroid de Louvain, contre l'avis du pape qui avait désigné d'office Hugues de Lyon pour lui succéder. Le conflit se termina par le désistement des deux candidats au profit de Paul de Comète.

Les Templiers ont de bons rapports avec l'abbesse : l'abbaye accensera 112 bonniers du bois de Nivelles à Vaillampont ainsi que l'alleu de Givry.

Les Templiers demandent aide et protection à l'abbesse, donc à l'Empire, ils seront reçus et intégrés parmi les chanoines : l'accord est immédiat non pas tant pour sauver les Templiers mais pour jouer un tour au pape, suppôt de Philippe le Bel.

Une recommandation particulière est donnée à Hugues de Chalon auprès de l'abbaye de Cambron qui a des liens particuliers avec l'abbaye de Nivelles : n'a-t-elle pas acquis récemment l'alleu de Condruze auprès de celle-ci ainsi que la dîme de Pepinghem pour une redevance annuelle de deux sous nivellois ainsi que l'ardoisière de Tubize louée à celle-ci pour deux sous de Louvain pour mille ardoises extraites... De plus elle peut prélever du bois sur les terres du chapitre.

Le chapelain mandaté était non seulement le seul lettré, les Templiers remarquables au combat ne savaient ni lire ni écrire, mais aussi le véritable chef secret de la commanderie, détenteur du Livre du baptême du feu, statuts secrets rédigés par Roncelin de Fos (plus connu sous le nom de Roncelinus), chef occulte des Templiers.

Ce chapelain était le frère Pellicier et sur son sceau en amande figurait « un pélican sur sa piété portée par un tronc à trois branches autour d'un serpent menaçant à senestre les oisillons ». Originaire du Comtat Venaissin, ses armes étaient significatives d'une appartenance à ce qui deviendra plus tard la Rose-Croix. C'était un initié, un alchimiste qui œuvrait à l'abri des regards dans la pièce secrète de la chapelle de Clarisse.

CHAPITRE VI

À l'abbaye de Cambron

Dans sa chambre de prieur de cette abbaye, à la lumière d'un lumignon, le cistercien cisèle un poème, enfermant dans ses rimes un secret : *Les Centuries.* 4 000 vers !

Dans ce poème voilé, Yves de Lessines compte les péripéties de l'histoire, révèle le nom des personnages amis ou ennemis, les chemins parcourus, les ruses, les repères, les lieux.

Il y inscrit une prophétie :

« Pendant cinq cents ans on ne parlera plus de nous qui étions l'armement de notre

siècle mais après le Temple renaîtra dans sa splendeur. »

Le templier flamand est un parent de Jacques de Montignies, l'abbé de Cambron. Ce dernier lui conseilla le frère Yves pour consigner les faits car des bruits inquiétants provenant de Bourgogne, de Bruges, de la Curie, de la reine de France n'inquiètent pas les dignitaires de l'ordre imbus de leur puissance qui ne croient pas à l'imminence du danger.

Des fuites, il y en avait eu en provenance de Bruges car Philippe le Bel avait convoqué Robert de Béthune le 26 mars 1307 pour lui dire son projet réalisé le 13 octobre, or le comte de Flandre, vassal du roi de France, conservait une haine à son égard depuis la paix d'Athis où le roi s'était emparé de la partie méridionale du comté.

Le document d'Yves de Lessines indique le lieu où se trouve le trésor dans deux vers :

« Noir blanc à l'inde dissimule en terre
Sous la feinete ombre traistre verez et sonnez »

Noir et blanc, c'est la couleur du Beaucéant templier, la terre d'Inde fait allusion à un domaine dépendant de l'abbaye de Kornelimünster donné au IXe siècle par Louis le Pieux, or cette abbaye est bâtie sur une boucle de la rivière Inde et dans le village de Wodecq existe l'Endemaine c'est-à-dire l'Inde (e)maine.

La grosse exploitation agricole de l'abbaye de Cambron, Cambronçhaux, se trouve sur le territoire de Wodecq, lieu protégé par un privilège papal : c'était bien le lieu idéal pour sauver les secrets du Temple.

Un quatrain précise l'endroit de l'enfouissement :

« Istra le mont Gaulsier et Aventin
Qui par le trou adventira l'armée[1]
Entre deux rocs sera près le butin
De SEXT[2] *Mausol faillir la renommée »*

1. « On est sortis du mont Gaulsier et on a vu les Quatre-Vents où par le chemin creux a tourné l'armée. »

2. *Sacer exercitus templi* (« l'année sacrée du Temple »).

CHAPITRE VII

Ardèche, 1968

Toujours aux aguets concernant la suite des événements dramatiques de l'été, j'appris par mon cousin nivellois que ma mère avait été contactée de nouveau par un personnage ambigu, mielleux, soi-disant ancien condisciple du collège Sainte-Gertrude où j'avais effectué mes humanités gréco-latines. Il s'était enquis de mon adresse en France mais ma mère, dûment avertie, lui avait signalé que je venais de déménager et qu'elle ne possédait pas ma nouvelle adresse.

En même temps le brocanteur La Tulipe du Pouzin me recontacta pour m'informer qu'une Mercedes noire immatriculée en Belgique stationnée depuis plusieurs semaines près de son entrepôt était surveillée en permanence par la gendarmerie et que celle-ci venait d'interpeller un individu venu la récupérer.

Appréhendé, il expliqua à la maréchaussée que cette voiture appartenait à deux amis dont il était sans nouvelles et que les dernières informations les concernant consistaient en un coup de fil passé de la cabine téléphonique du Pouzin, commune où il s'était rendu pour retrouver leur trace. Afin de vérifier ses propos, les gendarmes intervinrent auprès des PTT pour accéder aux détails de ce coup de fil, et là, stupeur : il avait trait à l'agression dont avait été l'objet mon cousin voisin de ma propriété ardéchoise, cousin qui, une fois guéri de sa blessure, était reparti en Belgique où il résidait.

L'enquête fut relancée avec le concours des autorités belges de la ville de Nivelles et rebelote, j'étais de nouveau dans l'œil du cyclone, convoqué comme témoin de cette agression. Mon identité fut donc retrouvée, livrée au public et surtout aux personnes qui voulaient récupérer mon coffre et me faire la peau, car elles étaient persuadées, à juste titre, que la disparition de leurs deux sbires était liée à ma personne.

Dans la société où je travaillais, je venais d'obtenir un gros contrat avec les Émirats arabes unis : j'obtins de ma direction l'autorisation d'être détaché sur place en famille, sachant que je n'y serais à l'abri que provisoirement, les Émirats n'acceptant que des travailleurs reconnus avec contrat en bonne et due forme, passeport confisqué à l'entrée, pas d'incartade possible. Je me retrouvai ainsi à l'abri pour cinq ans, dirigeant la construction du champ pétrolifère de Zakum dans l'émirat de Sharjah !

Mais tout a une fin : le chantier terminé, je rentrai en France et le cauchemar continua : ma direction m'avertit de la présence d'un visiteur étrange au parloir qui me demandait... Cette personne, qui avait l'air affable, joua immédiatement cartes sur table en se présentant comme un néo-Templier et me proposa une forte somme d'argent pour récupérer le coffre le soir même. Toujours souriant, l'homme me dit qu'il n'y avait pas d'alternative : « C'est cela ou la mort ! »

Bien qu'effrayé, je gardai mon calme, refusai le lieu proposé de la transaction et imposai mon choix en Ardèche : à prendre ou à laisser. Car c'est dans ce lieu, dans un endroit connu de moi seul, qu'était caché le coffre.

Il s'agissait d'une vieille maison forte au fin fond d'une vallée appartenant à mon ami le maire. Elle se situait dans un cul-de-sac : il n'y avait pas d'échappatoire.

Il demanda à réfléchir - ce qui m'arrangeait car cela me permettrait d'assurer mes arrières - et nous convînmes d'un prochain rendez-vous pour accord, trois jours plus tard.

Le temps m'était compté pour m'organiser. Je pris congé auprès de la société qui m'employait pour raisons personnelles, me rendant immédiatement en Ardèche auprès du maire et de ses deux frères afin de leur expliquer le contexte. Je savais que grâce à l'entraide que je leur avais démontrée, je pouvais compter sur eux et leur discrétion. L'omerta était toujours d'actualité dans cette région reculée. Ma famille, quant à elle, était toujours à l'abri chez une tante de mon épouse, fermière dans la Drôme près de Crest.

Les trois jours écoulés, le « chevalier Adeptus Minor », comme il se faisait appeler, revint avec deux gardes du corps pour m'impressionner, tous trois armés supposai-je, en me prévenant :

« Pas d'embrouille, sinon...

— Compris. »

Je leur communiquai un croquis de l'endroit où ils devaient se rendre, près du hameau de Chassac, endroit complètement désert surplombant une ancienne mine d'argent.

Samedi 15 novembre. Le temps est au beau. Une grosse berline, vitres teintées, arrive en cahotant sur ce chemin caillouteux aboutissant à cette bâtisse du Moyen Âge, évite de justesse un troupeau de moutons et se gare sur le petit terre-plein devant la grange attenante à la maison forte, demeure du maire. Le silence règne, angoissant, durant un temps qui me paraît très long, puis une voix forte m'intime de sortir avec le coffre. Je fais mine de sortir avec un petit coffre factice et replonge aussitôt dans la maison en évitant une volée de balles. J'avais vu juste, il n'avait nulle intention de m'échanger le coffre contre de l'argent mais bien de m'éliminer en le récupérant.

En réponse, un coup de feu claque depuis la grange et l'individu auteur de la salve s'écroule, touché à mort par une volée de chevrotines ; le deuxième, qui tente de sortir, est descendu par un autre coup de feu provenant de la tour ;

le troisième se rend, on l'emmène à l'intérieur dans la salle de garde dûment attaché. Nous l'interrogeons mais il ne paraît pas impressionné, une seule réponse : « Mes frères nous vengeront, ils connaissent vos lieux de vie ainsi que ceux de vos familles ! »

Est-ce qu'il bluffait ? Quid de ses affirmations ? Déjà, l'adresse de ma mère et de mes beaux-parents ainsi que mon lieu de travail leur étaient connus ! La partie devenait ardue mais il fallait traiter le présent en urgence. Je restai de garde pendant que les trois frères enterraient les deux gardes du corps bien profond pour éviter qu'ils ne soient déterrés par les sangliers, nombreux dans la région.

La nuit se passa ainsi sans résultat de notre interrogatoire, mais au petit matin le détenu nous donna des précisions sur le contenu du coffre, indiquant qu'un document très ancien était susceptible d'indiquer l'endroit où se trouvait le trésor des Templiers et que c'était leur bien inaliénable.

« Mais alors, pourquoi avoir voulu me tuer ? Il suffisait de s'expliquer pour obtenir un accord !

— Toute personne au courant de ce secret doit disparaître ! », répondit-il en me toisant.

J'étais donc condamné irrémédiablement à mort par cette secte.

Nous le laissâmes mariner pendant trois jours sans manger sans boire mais cet homme était d'airain : même torturé il ne parlerait pas.

Nous discutions de son sort - nous comptions le remettre aux autorités car nous n'étions pas des assassins, même s'il y avait eu mort d'homme, c'était de la légitime défense - quand il bondit sur nous. Il avait patiemment défait petit à petit ses liens pendant ces trois jours, récupérant un stylet caché dans ses bottes car nous avions commis l'erreur de ne pas le fouiller intégralement.

Il frappa d'abord le maire qui parvint à dévier le coup mais qui hérita d'une énorme estafilade qui lui fit perdre connaissance. Il se retourna et d'un coup de savate parvint à assommer le deuxième frère, le troisième s'étant absenté pour rechercher de la nourriture au village. Seul, je fis face à ce géant rompu au combat... Heureusement, le jeûne forcé l'avait affaibli et d'un croc-en-jambe je le fis chuter dans la cheminée où il s'empala sur un chenet dont la tête manquante faisait place à une ferraille pointue. Je voulus le secourir mais il tenta de me frapper, ce qui aggrava sa blessure et, dans un dernier sursaut, il trépassa.

Que faire de ce corps et de la voiture qui l'avait amené jusqu'ici ? Nous tînmes un conciliabule tous les quatre et la solution fut vite trouvée : en contrebas de la maison forte se trouvait l'ancienne mine d'argent désaffectée au XIXe siècle, lieu désert loin de toute habitation où seules quelques chèvres vagabondaient et, en été, quelques géologues amateurs venaient fouiller afin de récupérer quelques cristaux et quelques géodes. Les voies étaient carrossables jusqu'aux ruines de l'ancienne usine et du logement de l'ancien directeur, mais il nous fallait l'aide d'un tracteur pour accéder à l'ouverture béante de la galerie principale, à mi-hauteur du coteau...

L'opération se déroula sans problème, en plein jour car une approche nocturne aurait alerté le propriétaire de chèvres dont la ferme surplombait la mine.

La voiture tirée par le tracteur fut précipitée dans le trou béant pour aboutir dans un boyau dont le soutènement pourri qui ne tenait plus qu'à un fil s'écroula sous l'impact, ensevelissant pour toujours ce dangereux tueur qui faisait partie de la Légion wallonne créée par Léon Degrelle pour combattre en Russie comme le précisaient ses papiers et son tatouage de groupe sanguin. Cette légion était intégrée à la Waffen-SS.

CHAPITRE VIII

Enseignement alchimique

Dans la chapelle des Hauts de Clarisse dépendant de Vaillampont, le chapelain et son disciple empruntent le passage secret qui débouche dans la salle aux cornues pour un enseignement.

« L'alchimie, frère apprenti, est la science du perfectionnement de complémentarités : soleil et lune, lumière et ténèbres, masculin et féminin, cycle de mort et de renaissance... Toute l'alchimie se résume en deux mots : SOLVE et COAGULA. Il s'agit de dissoudre le fixe et de cristalliser le volatil afin de permettre aux fameuses noces philosophiques de se réaliser. Pour bien comprendre le Grand Œuvre, sache que l'énergie primordiale qui a tout créé par une note unique, un son, doit être retrouvée pour accorder ta propre vibration à cette note créatrice en respectant cette loi d'analogie qui te permettra de reproduire dans l'athanor la musique des sphères.

« Grâce à un aimant, tu attireras l'esprit universel venu d'en haut puis en le densifiant tu rendras visible l'inimaginable, ensuite il devra ouvrir la matière première, ce minéral noir, puant, représenté par le dragon que terrasse saint Michel qui le transperce de sa lance, ce qui signifie qu'il faudra le traiter par le feu secret pour le faire mourir à sa forme première et renaître dans un corps plus glorieux. Après maintes purifications, ce corps s'unira avec l'esprit universel et ce sera l'unité retrouvée : l'androgyne original.

« La recherche de la pierre philosophale est une errance mélancolique avec une destination improbable, avec comme seule boussole le caducée d'Hermès réunissant les trois composants : soufre, mercure, sel ; matière, forme, mouvement ; ou encore liqueur, oléité et alkali. L'ensemble forme une matière pure et durable tour à tour froide et chaude, humide et sèche, fixe et volatile, corps et esprit, terre, eau, air, feu, tandis que se poursuit dans le vase de l'œuf la coction de la Pierre.

« Dans cette première phase le Corbeau saturnien détient le secret de la putréfaction, il faut lui couper la tête pour faire naître l'androgyne. Ensuite viendra l'Œuvre au blanc aux noms multiples : Euphrate, Arma, Corsufle, Ethelia, Baritis, Ebisemeth, Ixir, Combas, Belle d'argent, Étoile du soir, Mercure dans son couchant...

« Le combat entre le soufre et le mercure prend fin et le temps des noces est advenu, le fixe et le volatil, le feu et l'eau, la porte s'ouvre sur une autre teinture, celle de l'esprit, de l'androgyne, du cercle pointé de l'or.

« C'est l'automne des philosophes quand la pierre approche de son ultime perfection. La langue des cynocéphales parle ici de bélier, cendres, crête-de-coq, graines d'Éthiopie, cadmie, tartre, litharge...

« La Pierre sera qualifiée de Mâle, Infini, Gomme rouge, Indradème, Matin, Magnésie pourpre, Huile écarlate, Rubis Soleil, Thériarque, Pavot, Colcatar, Cochenille...

Symphonie du rouge qui sort de l'or et divinise tout ce qu'il touche.

« Cette Pierre est capable de transmuer dix mille fois son poids de métal.

« Tu vois, mon frère, le chemin de la connaissance est long, ardu, il prend toute une vie et peu sont ceux qui parviennent à atteindre le but.

« Tu vois cette fiole remplie de poudre rouge ? C'est le résultat de ma quête, c'est ce Savoir que je vais t'enseigner afin que tu le transmettes à ton tour à tes disciples : le processus est acté sur les parchemins se trouvant dans ce coffre en écriture secrète que l'on peut décrypter grâce au bijou que porte le grand maître.

« Retiens cependant ceci : la transmutation de la matière est alliée parallèlement à la transmutation de l'individu qui l'opère et toute observation modifie l'objet observé, c'est la loi du « tout est un et interdépendant », c'est pourquoi la réussite dépend de l'état d'esprit du pratiquant lors de son travail et de la conjonction des planètes, c'est un tout nécessaire à l'obtention de la pierre philosophale.

« Souviens-toi de cette sentence : *Lege, lege, lege, relege, ora et invenies.* La *Summa perfectionis* de Geber te permettra de trouver les principes constitutifs de la matière, le magistère et ses opérations, du feu du combustible et des vaisseaux, des sublimations, distillations, calcinations donc on peut tirer l'élixir ainsi que la médecine correspondant aux différents métaux et de leurs essais, enfin de déterminer la pureté de l'or.

« Tu consulteras également les écrits de Villeneuve, le *Rosarium philosophorum de lapide*, le *Semit semitas speculum* et le *Miroir de l'alchimie*, sans oublier les écrits d'Albert le Grand, notamment le *De mineralibus.*

« Dans *La Somme de la perfection*, Geber nous précise que "ce n'est pas nous qui transmuons les métaux, mais la Nature à laquelle par notre artifice nous préparons la matière et lui disposons la voie parce que d'elle-même elle agit toujours immanquablement et nous ne sommes que ses ministres". Toutes les opérations du Grand Œuvre font appel à des phénomènes entièrement soumis au principe de causalité.

« Tu apprendras à ne pas confondre la pierre des philosophes avec la pierre philosophale : la première tel le dragon dévore les métaux imparfaits ; la seconde est une médecine souveraine, les transmue en métaux parfaits, rend les parfaits plus que parfaits et propres à parfaire les imparfaits.

« Après de multiples essais j'ai opté pour le beurre d'antimoine en sublimant de la stibine avec de la lune cernée (chlorure d'argent). Une étoile à six branches apparaîtra dans la lingotière, ce sera le petit roi, *regulus*, le régule étoilé d'antimoine, et alors tu pourras œuvrer.

« Suis l'enseignement de Geber et ses précieux conseils : “Ne t'amuse pas aux sophistications qu'on peut faire en cet art, applique-toi à la seule perfection. Lorsque tu travailleras, prends bien garde à tous les signes qui paraissent à chaque opération ou cuisson, retiens-les soigneusement en ta mémoire et tâche d'en découvrir la cause en étudiant attentivement le livre de cette science.”

« Je ne peux pas te donner meilleurs conseils, ces livres sont à ta disposition, tu consigneras tes résultats et au final, lorsque tu auras atteint l'obtention de la pierre, tu enfermeras ses résultats dans la boëte à l'enchanteur se trouvant sous le carré Sator à l'orient de notre laboratoire.

— Très bien, maître, il sera fait suivant vos désirs, mais puis-je avoir quelques éclaircissements sur ce fameux carré magique sommé d'une croix templière ?

— Bien volontiers, mon frère, tu as droit à ces explications :

« SATOR représente Saturne-Kronos, dieu créateur allié à la puissance créatrice ;

« RHÉA, son épouse, se retrouve dans AREPO : A (par l'effet de) RE (Rhéa) PO (après que) ;

« TENET (être uni) ;

« OPERA (travaux) ;

« ROTAS (tourner, mouvement circulaire).

« En synthétisant, on obtient :

« SATOR SATURNE (le principe igné) ;

« ARPO A. RHEA. PO (le principe aqueux) par l'effet de Rhéa ;

« TENET (il est uni à [Rhéa]) ;

« OPERA (ses œuvres [ou s'occupe à]) ;

« ROTAS (faire tourbillonner [c'est-à-dire créer les formes et donner la vie]).

« C'est la représentation de notre quête.

— Mais, maître, pourquoi cette croix rouge centrée dans le carré magique ?

— Parce que cette croix dite « des Huit Béatitudes » est le bijou porté par le grand maître des Templiers et la clé de décryptage de l'alphabet secret dont toutes les lettres sont en périphérie sauf le N, comme le N de TENET qui se trouve au centre du carré Sator, symbole de Dieu, le N serpent, treizième lettre de tous les alphabets, ce chiffre 13 en position centrale dans le carré de mars, le N devient le X, l'inconnue, dans l'alphabet templier ; le X, c'est aussi le TAV, dernière lettre de l'alphabet hébreu, signe des élus.

« Retiens bien cet enseignement et approfondis-le.

« À l'annonce du chevalier templier concernant l'arrestation prochaine de nos frères et notre intégration au chapitre de Sainte-Gertrude parmi les chanoines, nous avons comme mission de leur transmettre notre savoir, ce qui permettra non seulement de perpétuer notre art et de donner une raison d'espérer à ces chanoines vivant sous la dépendance hautaine des chanoinesses princesses d'Empire ; ils auront le pouvoir de la connaissance et le pouvoir de l'argent bien que cela ne soit pas le but de l'œuvre, mais, reconnaissons-le en toute simplicité, ce pouvoir peut-être utile.

« Nous continuerons l'enseignement un autre jour. Regagnons maintenant notre bonne ville de Nivelles où nous résiderons désormais. »

CHAPITRE IX

1980, résidence principale de Meylan

Coup de fil de mon cousin Jean-Pierre annonçant le décès de ma mère dans l'explosion de sa maison. La thèse officielle serait : « fuite de gaz ».

Toutes affaires cessantes, je me rendis sur place pour l'enterrement. Lors de l'inhumation en fin de cérémonie, au moment de la présentation des condoléances, la présence incongrue d'un individu inconnu, lunettes noires, mains gantées, m'interpella et me fit revenir à des souvenirs que je croyais éteints ; puis ce dernier quitta ostensiblement la file, passa devant moi, me fixa un instant, me remit un pli scellé et s'en alla sans un mot.

Rentré à l'hôtel, la maison de ma mère étant entièrement détruite, j'ouvris ce pli. Une seule phrase :

« *Remember l'Ardèche.* »

D'un seul coup je compris. Il devait s'agir d'un attentat, d'un avertissement morbide. Les salauds.

Je déposai une plainte à la gendarmerie, la scientifique fut dépêchée sur les lieux et le verdict tomba : il s'agissait bien d'une explosion intentionnelle, les débris d'une machine infernale étaient présents sur le site.

Tout à mes réflexions sur la conduite à tenir, je reçus un coup de fil du commissariat de Meylan : mon épouse avait failli être enlevée à mon domicile, sauvée par l'arrivée du facteur venu livrer un Chronopost tandis que deux individus tentaient de la faire rentrer de force dans la voiture. Notre chien Wolf, un berger allemand agressif, avait fermement agrippé le mollet d'un agresseur mais ce dernier était parvenu à lui faire lâcher prise d'un coup de crosse avant de s'engouffrer dans la Mercedes qui avait disparu en trombe.

L'hôpital de la Tronche où elle était hospitalisée me signala qu'elle était en état de choc, traumatisée.

Je repris donc la route - mille kilomètres en huit heures. À l'hôpital, le médecin-chef me prit à part avant de m'autoriser à voir mon épouse et les informations n'étaient pas bonnes : les coups reçus sur la tête avaient provoqué des lésions irréversibles au cerveau. « Grabataire pour ce qui lui reste à vivre, quelques mois au maximum... » J'étais effondré et la douleur intense fit place à une rage incœrcible qui me submergea.

Je me retirai dans ma petite résidence ardéchoise pour réfléchir à la suite des événements : « Je ne suis pas du genre à lâcher le morceau. "Ils" m'ont pris ce que j'avais de plus cher au monde. "Ils" veulent la guerre, "ils" l'auront, totale. Je suis désormais une bête féroce, un chien enragé, un serpent prêt à mordre, un renard machiavélique. »

Premier acte : disparaître physiquement. Il me fallait trouver un cadavre d'homme ayant plus ou moins ma morphologie.

Les recherches furent moins longues que prévu, la chance étant avec moi pour une fois.

En effet, en descendant la petite route allant de Saint-Cierge au Pouzin, dans un mauvais virage accidentogène, mon attention fut attirée par un nuage de poussière dans un massif de ronces. Une fois mon véhicule garé sur le bas-côté, je descendis dans le ravin et découvris, enfouie dans les broussailles, la carcasse d'une camionnette encore fumante contenant le corps du ferrailleur local. La presse régionale épiloguerait longtemps sur sa disparition inexpliquée... Pour l'instant, il restait un travail macabre à exécuter : je pris une tenaille dans mon coffre à outils et, revenu auprès du corps, j'entrepris d'extraire l'ensemble des dents du mort, travail horrible mais indispensable pour réaliser le scénario envisagé ; je glissai ensuite dans sa bouche l'appareil dentaire que je portais depuis une chute à moto et peaufinai mon travail en lui enfilant mon alliance et en glissant mon portefeuille dans sa poche arrière. Il portait le même jean que moi : je changeai juste son tee-shirt avec le mien, très reconnaissable : celui de l'équipe belge de foot. J'arrosai le tout avec le carburant utilisé pour ma débroussailleuse qui se trouvait dans le coffre de ma voiture (que j'avais poussée dans le ravin côte à côte avec la camionnette) et balançai ensuite mon Zippo, qui embrasa le tout.

Je gravis le talus en m'accrochant aux broussailles qui dissimulaient les deux voitures, celles-ci explosant au moment où j'atteignais la route. Personne à l'horizon : tout se déroulait suivant mon plan.

Je regagnai à pied ma maison de campagne, me cachant dans les broussailles au moindre bruit, sachant que le premier qui passerait avertirait les pompiers d'un feu de broussailles. Ce premier point très important, primordial, étant acquis, il fallait maintenant devenir invisible.

La nuit venue, je descendis tranquillement la route sur mon vieux vélo tout-terrain jusqu'à La Voulte où je me réfugiai dans l'abri de jardin que possédaient mes beaux-parents, décédés depuis peu, en bordure du Rhône.

Le lendemain, j'empruntai la vieille 2 CV ayant appartenu à mon beau-père et qui reprit du service, et me rendis à mon domicile, garant l'antiquité sur le parking du château de Rochasson dans le Haut-Meylan où je résidais. Ce serait une énigme de plus pour la police locale, car les papiers étaient inexistants et les numéros du châssis burinés. Je réintégrai mon domicile subrepticement la nuit, lieu discret où j'élaborai le deuxième acte : ma transformation physique. Celle-ci serait réalisée par un ami spécialiste en chirurgie esthétique que je convainquis de changer mon aspect grâce au récit des épreuves endurées.

Après plusieurs opérations et quelques mois de patience dans sa clinique privée à l'abri des regards, le résultat dépassa mes attentes. J'avais peine à me reconnaître dans la glace... J'étais M. Tout-le-Monde, passe-partout, c'était l'effet recherché.

Quelques tatouages agrémentèrent mon nouveau corps : Un *Got mit uns* en écriture gothique, un aigle à deux têtes avec la devise *Ordo ab chao* et une autre devise, *Rex vaincra*, entourant une croix celtique. Je regagnai en train la Belgique, où je fus pris en charge par mon fidèle cousin à qui je dus prouver mon identité tant le changement physique était profond.

CHAPITRE X

Les néo-Templiers

Avant d'enclencher le troisième acte il me fallait entrer en contact avec ces fameux néo-Templiers qui m'avaient déclaré la guerre. J'avais localisé leur temple mais avant de les contacter, il me fallait bâtir une nouvelle identité un nouveau passé, je réunis donc une importante documentation sur Léon Degrelle et le rexisme. Trop jeune à l'époque pour en faire partie, je devais faire croire mon admiration pour ce mouvement collaborationniste. *Idem* pour les Templiers : j'acquis une dizaine d'ouvrages les concernant et, après d'intenses recherches et des compilations diverses, je jugeai le temps propice et j'allai frapper à la porte du temple.

Le lieu, un ancien château médiéval, était impressionnant. Dans le hall d'entrée, une inscription : *Ordo Supremus Militaris Templi Hierosolymitani Magnum Magisterium.* J'étais dans le Grand Prieuré traditionnel et régulier de Belgique sous la protection spirituelle de Sa Béatitude Youssef Ier Absi, patriarche de Jérusalem.

Je me demandai intérieurement si ce saint homme savait ce qui se tramait dans cette commanderie. Certainement que non, celle-ci dépendait d'un grand prieur magistral qui me reçut car les trois enquêtes subies étaient revenues favorables. Il m'avait été aisé d'éviter les pièges des questions conventionnelles sur mon souhait d'appartenir à l'Ordre, sur mes connaissances générales, sur mon désir de devenir meilleur et de travailler pour l'humanité tout entière, et cetera, et cetera, que du blablabla !

Ce grand prieur me mit mal à l'aise. Son regard d'inquisiteur pénétrant, sondant l'âme durant un long interrogatoire non sur mon désir d'être templier mais sur mon passé, intéressé par ma présence auprès de Bob Denard au Katanga auprès de qui j'avais été embrigadé un peu par hasard lors d'un séjour au Congo chez mon oncle professeur d'histoire au Lovanium et dont l'un des fils était devenu mercenaire, ce dernier m'ayant entraîné dans cette aventure qui se termina en catastrophe en compagnie de Bob Denard blessé à la tête et de mon cousin une balle dans la cuisse et moi indemne dans un vieil avion américain qui nous rapatria en urgence.

Son œil de lynx avait aperçu le début de mon tatouage du bras gauche où figurait *Rex vaincra.* Il me demanda impérativement de me dévoiler et je me sentis obligé de m'exécuter ; il voulut des explications supplémentaires que je m'empressai de lui donner : il était tombé dans le piège que je lui avais tendu.

Je développai donc mon attirance pour ce mouvement, vantant le charisme de Léon Degrelle, de ses exploits en Russie, de sa fuite rocambolesque en Espagne et de mon désir de suivre son enseignement. Sur ce il me dit que l'on en reparlerait et que j'allais être proposé pour être « novice ». Un rendez-vous fut pris, je devais me présenter la semaine suivante, le vendredi, habillé de noir, chemise blanche, cravate noire.

Je partis faire l'acquisition d'un complet dans la boutique de Dufer fils, rue de Namur. J'avais joué au foot avec lui au Stade nivellois dans ma jeunesse : cela ferait un bon test. Il ne me reconnut pas.

À l'heure dite, je me présentai à la Commanderie, où je fus emmené dans un lieu représentant une grotte. Au centre, un bûcher enflammé et une échelle à sept échelons. À l'orient, un tombeau supportant un glaive, un poignard, une croix de Malte et par terre trois têtes de mort : la première coiffée d'une tiare, la seconde d'une couronne ornée de fleurs de lys, la troisième d'une couronne de laurier. Au fond de la grotte, un delta et une étoile flamboyante avec la lettre G au milieu. À l'occident, un étendard avec cette devise : *Honneur à Dieu, amour pour son prochain, respectons lois.* Au midi enfin, l'écu des Templiers. Le tout éclairé par 3 × 3 lumières.

J'enregistre tout ce décor et aperçois le très puissant prince grand maître en uniforme templier. C'est lui qui m'a reçu la semaine passée.

Puis les autres dignitaires : deux généraux, l'un d'eux m'avait enquêté, l'orateur, le secrétaire, le maître de cérémonie mon deuxième enquêteur, le héraut d'armes portant un trophée d'armes qui s'avéra être mon troisième enquêteur, le plus intéressant à mon avis avec qui j'avais pu échanger sur Grasset d'Orcet et la cabale phonétique, qu'il maîtrisait parfaitement.

Les assistants étaient vêtus en chevaliers et portaient un bijou ovale un peu bombé avec, au milieu, une croix rouge. Dans les quatre espaces de la croix, un carré long marquant l'orient, l'occident, le midi et le nord, c'est-à-dire les quatre loges mères désignées par Jacques de Molay du fond de sa prison : Naples, Paris, Edimbourg et Stockholm - ces explications me furent données après mon initiation.

Je fus mis dans la chambre de Réflexion, endroit effrayant peuplé d'instruments de supplice et de cadavres de Templiers, une faible lueur dissipant à peine l'obscurité. Deux grosses pierres étaient placées au centre : sur l'une, une cruche d'eau et un morceau de pain sec ; j'étais enchaîné à l'autre.

Un bruit sourd parvenait de la salle adjacente et en tendant l'oreille je parvins à saisir certaines discussions mystérieuses parlant de

« signes », « attouchement », « paroles » et « mot de passe ».

Après de nombreux échanges rythmés par des coups de maillet, neuf si j'ai bien compté, j'entendis des applaudissements et un cri lancé trois fois, « Houzé, houzé, houzé ! », ce qui me rappela un souvenir ancien : les chants flamands appris par notre professeur au collège Sainte-Gertrude, expression toujours en cours dans la marine hollandaise lors de la réception de la reine ou du roi.

Un certain temps se passa, puis une voix forte ordonna l'accès au chapitre du criminel enchaîné les yeux bandés, c'est-à-dire moi, interpellé par le très puissant grand maître qui me demande ce que je viens chercher dans ce lieu triste et écarté.

Je réponds par une phrase que me souffle le chevalier qui m'accompagne : « Je suis un malheureux échappé de prison et de persécution poursuivi de partout et qui cherche secours chez mes malheureux frères. »

Les questions-réponses se poursuivent jusqu'au moment où le grand maître dit : « Ôtez-lui les chaînes, donnez-lui la liberté et la lumière, quelles nouvelles apportez-vous ? »

Réponse : « L'ordre est délivré, les restes de la fraternité sont prêts à échapper aux persécutions. Dieu nous a vengés de trois animaux les plus furieux et les plus méchants : un tigre (la tiare), un lion (le lys), l'ours (l'ordre de Rhodes). »

On m'expliqua plus tard que l'ours était Nassodi, un des renégats ayant accusé l'ordre templier.

La suite se déroula par l'instruction, le signe, le contre-signe, l'attouchement, le mot de passe et le mot sacré, « Yalom », ainsi que la mise à l'ordre debout, la main gauche tenant l'épée nue, la main droite sur le cœur.

S'ensuivit le discours du frère orateur sur l'origine de l'ordre, qui fut très long et redondant, après quoi le grand maître ferma les travaux par un coup de maillet.

Cette cérémonie fut suivie d'un festin de charité chargé de symboles : la table était un carré long éclairé de neuf lumières, les gobelets s'appelaient « coupes », les couteaux « glaives », les fourchettes « tridents », le vin « sang du malheureux frère » et l'eau, « l'eau des prisons » !

Cette cérémonie n'en finissait pas, mais j'étais dans la place désormais.

CHAPITRE XI

XVe siècle : le dauphin de France et Jean Bourré

Le dauphin Louis s'enfuit du Dauphiné pourchassé par les armées de son père Charles VII et se réfugie à la cour de Philippe le Bon, duc de Bourgogne. Celui-ci lui octroie le château de Genappe dans le Brabant wallon, à dix kilomètres de la ville de Nivelles ; il est accompagné d'une cinquantaine de compères et de son fidèle secrétaire, Jean Bourré.

Durant son exil, les soirées sont longues. Que faire après l'hypocras et les épices sinon narrer des histoires gaillardes ! Ces récits pittoresques, voire licencieux, figurent dans un recueil, *Cent nouvelles nouvelles*, dans lequel trente-cinq narrateurs bourguignons sont nommément cités. Ces nouvelles malicieuses, misogynes, antimonacales et d'aventure assez scabreuses sont tirées de faits réels que l'on retrouve dans le registre des archives de Philippe le Bon.

Louis et ses compères profitent de l'énorme bibliothèque à leur disposition. Le dauphin consacre une partie de son temps libre pour suivre des cours d'astrologie à l'université de Louvain tandis que son secrétaire s'intéresse plutôt à l'alchimie.

Lors du « festin de la Toison d'Or », repas offert par l'abbesse de Nivelles au dauphin et réservé à la noblesse auquel le secrétaire Jean Bourré n'assiste pas, est servi le menu suivant :

- 1er service : bœuf et mouton, jambon et langue, soupe, tête de veau, venaison aux navets, pois passés, veau rôti, cygne chaud, oie, poule d'Inde, pâté de veau, pâté de lapin, entremets.
- 2e service : poitrine de veau, saucisses rôties, tripes, côtelettes, venaison, pâté de venaison chaude, faisans rôtis, chapons rôtis, pluviers, hérons, pâtés de perdrix, poussins rôtis, pigeons, entremets.

- 3e service : paon, perdrix, sarcelle, renard, gelée de porc, pâté de pigeon chaud, pâté de héron froid, blanc-manger, gelée claire, canard rôti, pièce de mouton, entremets.
- 4e service : pâté de poule d'Inde froid, pâté de venaison froid, pâté de lièvre, de perdrix, de héron, hure de sanglier, cygne froid, grue, pâté de lapin, paon, faisan.
- 5e service : trois espèces de gelée, trois espèces de fruits, trois espèces de confitures, cartreling, flans, tartes, pommes et poires crues et cuites, anis, nèfles, châtaignes, fromages.

Après le tout enlevé sauf la nappe, biscuits et hypocras blanc, rousties sèches et malvoisie.

À cette époque, le ventre était roi et même Charles Quint au fond de sa retraite s'infligeait des indigestions de pâté d'anguille, de perdrix à la daube, de saucisses de l'Estrémadure entremêlés de bière glacée et de vin du Rhin.

Pendant ces excès de table, Jean Bourré festoie dans une salle à côté en présence des chanoines. Ceux-ci pratiquent l'alchimie depuis la chute des Templiers, qui leur ont communiqué cet art.

Le repas terminé, le chapelain lui propose de visiter son laboratoire et, en parcourant la ville, il remarque le nom des maisons claustrales portant dans leur patronyme le mot « Or ».

Durant les cinq années de sa présence à Genappe, il va s'initier auprès du chapelain-alchimiste, qui leur fait visiter la basilique de Hal en Brabant flamand, réceptacle d'une Vierge noire (matière première) et de centaines de sculptures d'écoinçons représentant le Grand Œuvre alchimique. C'est dans cette basilique que fut enterré le fils du dauphin Joachim, suite à un décès prématuré, et dans sa crypte que sont exposés les nombreux dons que Louis fit en rémission de ses nombreux péchés.

Des années plus tard, Jean Bourré s'inspira des sculptures de la basilique de Hal qu'il fit reproduire dans son château de Plessis-Bourré.

Le secrétaire laissa une trace de son passage à Nivelles dans une légende locale concernant une fleur, la jonquille, que l'on cueille à profusion aux alentours de Pâques, le 17 mars, fête de sainte Gertrude dans le bois nommé Saint-Sépulcre : idée de mort, de noirceur, l'œuvre au noir. La légende raconte la pérégrination d'un homme perdu dans ce bois et qui retrouve son chemin grâce aux petites étoiles jaunes parsemant sa route, cette fameuse jonquille dénommée en patois local *tchambourée* : « Jean Bourré » ! Cet homme errant dans la forêt, *forêt + erre* = frère, indique qu'il fait partie d'une fraternité, c'est un initié ; ce personnage errant se trouve en début de beaucoup de récits initiatiques : la *Divine Comédie*, *Perceval le Gallois*, *Le Songe de Poliphile*, etc.

Le chapelain-alchimiste mentionne ces faits dans un parchemin de la boëte à l'enchanteur. Celle-ci continue à être alimentée durant la période des Hospitaliers ayant succédé aux Templiers de la commanderie de Vaillampont, la chapelle de Clarisse poursuit sa vocation première de laboratoire alchimique et de temple secret où sont initiés les nouveaux chanoines, de plus en plus nombreux, occupant les maisons claustrales de la ville.

Lorsque le chapelain reçut Jean Bourré, ce dernier lui demanda :

« Comment pratiquer l'alchimie ?

— C'est tout simple, lui répondit le maître chapelain. Regarde la nature : tu me dis que tu la connais déjà, que tu la regardes chaque matin par la fenêtre du château de Genappe, lorsque tu te promènes dans le bois du Saint-Sépulcre... Non, c'est autre chose que je te demande : lorsque tu ouvres ta fenêtre le matin, regarde les arbres sans cligner des yeux, tu ne penseras à rien d'autre qu'à garder les yeux ouverts sans que tes paupières ne cherchent à faire concurrence aux ailes de papillon, ainsi tu évacueras les perturbations du mental.

« Au bout de quelque temps, une minute complète parfois, une éternité, tu verras se dessiner autour des arbres comme un halo subtil : peu à peu, quand les larmes commenceront à couler, tu ne te contenteras plus de voir ce halo, tu verras progressivement se dégager de chaque plante, de chaque brin d'herbe, comme une aura d'énergie subtile qui fera monter en toi toute la force de la terre et, cette aura se mêlant à la tienne, tu ne verras bientôt plus que les formes pour n'en retenir que la vie. Cette force vibrante colossale élèvera bientôt les vibrations de ton corps jusqu'au point central de la création, tu le garderas en toi et, lorsque dans le laboratoire tu procéderas à l'opération, tu remercieras sans cesse le Créateur de te faire accéder avec autant de simplicité au principe vivant de toute chose.

« C'est ainsi que toute opération ne pourra être conclue que par une méditation adressée à l'essence subtile du monde, au principe vibratoire de toute chose, à la force sacrée de l'univers qui dynamise et ordonne toute création en insufflant son feu à travers la matière et les êtres. C'est pour cela que tu ne pourras distinguer en leur essence l'alchimie opérative, voie humide ou voie sèche, de l'alchimie spirituelle ou voie brève qui est le principe même de toute initiation. »

Ainsi parla le maître chanoine au secrétaire du dauphin car avant de savoir, il s'agit de percevoir.

Dans un premier temps, il lui confia un manuscrit intitulé *La Parole délaissée*, dont voici le prologue :

« Toute l'Œuvre des philosophes est divisée principalement en deux parties, la seconde partie est divisée en la pierre blanche et la pierre vermeille, mais parce que le fondement de ce noble secret est dans la première partie, les philosophes doubtens divulguer en reveller ce secret, ont faict peu de mention de ceste première partie. Et croy

que se n'eust esté pour éviter que la science des philosophes ne doneront fouls en ses principes, ils se feussent totallement faulx en ceste première partie ne n'en eussent faict aulcune mention, patquoy s'ilz n'en eussent aucunement touché, la science eust esté de tous pointz ignorée et demeuree par ce faulx en ces termes.

Comme cette première partie soit le commencement, la clef est le fondement de notre magistère sans laquelle riens n'est accomply, laquelle ignorée la science demeure decepvable et faulse en son expériment, afin donc que ne soit ignoré ce très grand secret qui est la pierre en laquelle on n'ajoute riens. J'ai disposé faire aucune mention totalement certaine et vraye, laquelle j'ay veue et tenue, Dieu témoigne et vérité, laquelle je remetz au secret coffre de ta sacrée arme soulz le peril d'icelle, pourcequoy les philosophes ont apellé ce secret Verbum dimissum *c'est-à-dire parolle lessee car c'est la principale parolle qui est delessee ou teere en cet art, laquelle à par tous ont celee. »*

Peu de temps après ce premier contact et après avoir suivi les conseils de lecture du chanoine, Jean Bourré vint régulièrement pendant cinq années suivre l'enseignement dans la salle secrète de la chapelle Clarisse, dépendant désormais des Hospitaliers.

L'enseignement comportait douze clés de six mois chacune :

La clé numéro 1 traitait des deux agents du premier œuvre et leur préparation, le mâle (soufre) et la femelle (mercure) traités par le feu des philosophes, le sel, le chaos, l'agent primordial.

Clé numéro 2 : purification du mercure par les « laveures » ignées, le « solve » et le « coagula », la volatilisation du fixe dans le solve et la fixation du volatil dans le coagula.

Clé numéro 3 : le combat de deux natures issues du dragon. La lutte entre le fixe et le volatil, le sel se suffisant à lui-même pendant les opérations du magistère.

Clé numéro 4 : la mort génératrice de la cendre et du verre précieux, obtention de l'agent primordial, le loup gris très avide à partir de la cendre. Cette clé est très importante.

Clé numéro 5 : développement de l'embryon ou soufre philosophique, connaissance au début du solve sous l'action du 5e feu.

Clé numéro 6 : union royale de soufre et de mercure, alliance du ciel et de la terre. Le produit final de cette opération est un sel rutilant de double nature, aqueuse et ignée, fixe et volatile, le rebis.

Clé numéro 7 : le vase philosophal et son scel ou lut de sapience. Cette opération consistera à couper la tête de corbeau.

Clé numéro 8 : la putréfaction, clé majeure de la Résurrection et du Grand Œuvre. La tête du corbeau coupée, et lorsque la phase végétation aura pris fin, la phase solve sera terminée.

Clé numéro 9 : la révolution des planètes, le feu de roue, celui du sel employé dans la fabrication et les multiplications.

Clé numéro 10 : l'élixir ou médecine du deuxième ordre. Pour obtenir celui-ci, il faut mettre la pierre sous l'action graduée de 4 feux : le bain, de la cendre, du sable et de la flamme vive qui permet une maturité parfaite avant la fixité.

Clé numéro 11 : nourrissement du lion rouge par le sang volatil du lion vert. Il s'agit d'augmenter en quantité et en qualité la pierre au rouge par le phénomène des multiplications grâce aux réitérations des opérations, le feu de roue.

Clé numéro 12 : floraison des deux pierres, après multiplication la pierre au blanc permettant de transmuter un vil métal en argent, la pierre au rouge quant à elle transformant le vil métal en or.

Jean Bourré ne termina pas son enseignement, il avait assimilé les dix premières clés lorsque le dauphin revint en France en tant que Louis XI, après cinq années passées auprès du duc de Bourgogne dans le château de Genappe. Pour finaliser sa quête, il installa un laboratoire alchimique dans son château de Plessis-Bourré qu'il fit bâtir de 1468 à 1473 pour continuer à œuvrer et réaliser le Grand Œuvre, ce qui lui permit de combler le trésor royal dont il avait la charge en tant que trésorier de France ; un petit mot de Louis XI confirme ce fait :

« Mons. Du Plessiz, je vous envoie ce que Mons. de Crussol demande. Allez-vous-en demain à Paris et vous et Mons. le Président

trouvez de l'argent en la boëte à l'enchanteur pour ce qui est nécessaire et qu'il n'y faulte.

Escrit au Puyset, se vendredy, XVIIIe jour de janvier. »

Louis XI le nomma grand officier de l'ordre de Saint-Michel, ordre institué en la chapelle du château d'Amboise le 1er août 1469.

CHAPITRE XII

Belgique 2001 Les néo-Templiers, ma nouvelle famille

Cela faisait dix ans désormais que j'avais intégré l'ordre néo-templier et passé les épreuves successives. De novice j'ai été élevé écuyer et, enfin, admis au chapitre, endroit où se prennent une partie des décisions.

J'ai reçu mon diplôme de chevalier Rose-Croix « *Fidelitate meruere lumen et tenebræ eum non comprehenderunt* » dans un lieu éclairé où règnent l'équité, le silence et la fidélité.

« Nous très hauts, très puissants, très sublimes et très excellents seigneur chevalier de l'Aigle dit de Rose-Croix, grand maître *ad vitam*, très équitable, très valeureux et très illustre prince de Jérusalem, grand chevalier kadosch dit l'Homme Saint, chevalier de l'Aigle-Noir et grand commandeur, chevalier d'Orient, chevalier d'Occident, chevalier du Temple, Sublime Écossais, chevalier prussien, vrai maître parfait et écossais ainsi que des autres Écossais inférieurs, maître écossais Royal Arche, vrai maître anglais, Puissant Irlandais ainsi que des grades inférieurs, prince chef des Hommes éclairés de la très respectable grande loge régulière de Saint-Jean de Jérusalem érigée en très haut et très grand Orient de la vallée de l'Hesdin, à tous les frères qui représentent ces présentes lettres verront : Salut, Salut, Salut.

« Savoir fait qu'après avoir reconnu notre très cher frère ci-présent dans les grades inférieurs, nous lui avons pour récompenser son zèle et son assiduité dans notre respectable loge conféré les grades de chevalier d'Orient et grand commandeur d'Orient : ledit cher frère nous ayant donné de plus en plus de marques de son zèle pour l'Art royal, nous l'avons revêtu des grades de chevalier du Soleil, grand chevalier kadosch dit l'Homme Saint, et enfin, pour couronner ses travaux, nous l'avons décoré de ceux de très équitable et très valeureux prince de Jérusalem ; de grand maître *ad vitam* et très excellent seigneur chevalier de l'Aigle dit Rose-Croix. »

Je portais désormais un sautoir où pend une croix rouge à quatre branches égales surmontée d'une couronne royale portant cinq étoiles. Les quatre lettres du tétragramme sacré inscrites sur les quatre branches et entourant le centre marqué de la lettre « schin ».

L'ensemble se lit « Jchoshua », dont le diminutif est « IeHSu » ; l'hébreu n'indiquant que les consonnes, on obtient le sigle IHS, nom du premier homme dans la Genèse. Cet IHS est à rapprocher de son inverse alchimique SHI : S = Sulfur, H = Hermès (Mercure), I = Ignigerat, le soufre et le mercure régénéré par le feu à rapprocher de INRI = *Igne Natura Renovatur Integra.*

L'alchimie refaisait surface dans ce rituel !

Étant devenu un expert en taqîya, l'art de la dissimulation que pratiquent avec succès les musulmans, j'avais abandonné toute morale, perdu toute humanité à la suite des événements ardéchois.

Après l'assassinat de ma mère dans un attentat suivi du décès de mon épouse qui, n'ayant pas retrouvé la raison après son agression, s'était éteinte à l'hôpital, il me restait la vengeance dont le feu intérieur me dévorait, seule lumière intense me permettant de survivre dans cet enfer terrestre qui était désormais mon lot.

Lors de la réunion du chapitre, je reçus comme instruction de ne pas divulguer la cérémonie que je viens de décrire sous peine de mort, mais je n'en ai cure ; nous sommes tous affublés de chasubles, la tête recouverte d'une cagoule façon Ku Klux Klan ! Cela me fait penser à cet album de Tintin, *Les Cigares du pharaon*, récit qui me faisait frémir dans ma jeunesse.

Des agapes rituelles clôturaient la cérémonie qui se déroulait en silence en imitant la dernière Cène, on partageait le pain et le vin et la parole perdue nous était révélée : *Igne Natura Renovatur Integra.* Tout un habillage hermético-religieux utilisé pour mettre en condition les participants. Ensuite se réunissait le consistoire où je n'étais pas encore admis, or c'était là qu'étaient prises les grandes décisions.

Je devais garder patience avant d'agir, la fin de ma quête approchait.

CHAPITRE XIII

Retour explosif en Isère

Je me mis en chasse pour obtenir des explosifs, reprenant contact avec mon ancienne femme de ménage, une Basque dont le mari avait été inquiété par la justice avant d'être relâché faute de preuves à propos d'un vol d'explosifs organisé par l'ETA à la société Titanite de Veurey, en Isère, où il était salarié. Il fut relâché mais c'était bien lui à la manœuvre, et ces explosifs ne furent jamais retrouvés.

Les négociations furent longues, on peut le comprendre, et nourries de laborieuses explications sur la valeur de ma demande et surtout ma motivation. Plus que le décès de ma mère et de mon épouse, l'élément déterminant fut le dévoilement de l'appartenance de certains membres de la secte à la SS : il avait perdu ses parents dans le bombardement de Guernica par les stukas lors de la guerre civile espagnole et il me délivra suffisamment d'explosifs pour faire péter la tour Eiffel.

Le transport s'effectua sans problème de France en Belgique sous les cageots de pêches achetés à un producteur local de La Voulte-sur-Rhône, les contrôles douaniers ayant été supprimés depuis la libre circulation des travailleurs sur le territoire européen. Le matériel, qui comprenait également des cordons Bickford et des détonateurs, fut stocké bien au sec dans un garage loué pour l'occasion dans le sous-sol de l'immeuble L'Aiglon, rue Coparty, proche des ruines de la chapelle templière : l'heure de la vengeance approchait.

CHAPITRE XIV

XVIIIe siècle, extension de l'alchimie

L'influence des chanoines-alchimistes s'est étendue sur tout le continent. En effet, de par leur fonction, ils étaient chargés de gérer les différentes possessions de l'abbaye, qui s'étendaient sur une grande partie de l'Europe, et profitaient de ses voyages pour enseigner leur art.

Cette influence a évolué avec les siècles et s'est intégrée à des sociétés secrètes : les Illuminati, la Rose-Croix d'Or, les hauts grades de la franc-maçonnerie... Ce qui lui fit perdre son aspect opératif au profit du spéculatif ; la quête de la pierre philosophale telle que la pratiquait le chapelain templier devint le domaine des souffleurs qui n'obtiennent que du vent dans leurs cornues car l'esprit a disparu au profit d'une recherche uniquement matérielle vouée à l'échec.

La paix de Rastatt signée en 1714 par les grandes puissances va sceller le sort de nos provinces, qui passèrent des Habsbourg d'Espagne à celle des Habsbourg d'Autriche, ce qui fut bénéfique pour nos régions, Nivelles en particulier.

Charles de Lorraine, gouverneur des Pays-Bas autrichiens, lance des fabrications nouvelles, inventeur parfois mais surtout alchimiste convaincu. Dans son journal secret, il note en 1765 la liste de ce qu'il avait rapporté d'Allemagne : il y détaille le contenu d'une caisse de verre ainsi qu'une caisse de creusets et poteries, note le 29 novembre un nouveau fourneau de son invention. En 1772, il achète des alambics et signale la fabrication d'un élixir, « l'eau ydroriadradroque », ainsi qu'un secret : les gouttes solaires du médecin Mancini constituées d'« huyle de vitriol rectifié ». En plus de sa recherche de l'or et de l'argent, il tente divers alliages où interviennent rhubarbe, safran, sang-dragon, borax, cuivre rouge et huile d'olive ! Il était plus un spagyriste qu'un vrai alchimiste comme l'étaient ses ancêtres. De nombreuses transmutations avaient été opérées le siècle précédent à la cour et furent commémorées par des médailles.

À Vienne, l'empereur Ferdinand III en réussit une en 1648 grâce à la poudre offerte par Richthausen, *idem* pour son fils Léopold Ier qui fit une médaille avec le plomb transformé en or par l'alchimiste Joachim Becker. Lorsqu'il se maria, il fit exécuter la pièce alchimique des *Noces de Phébus et Pallas*, mettant en scène des centaines de figurants.

Ce Siècle des lumières fut aussi celui des illuminés qui confondaient occultisme et révolution sociale.

Le penchant de Charles de Lorraine avait de qui tenir, il était franc-maçon travaillant au rite de la loge Saint-André d'Écosse où il côtoya le comte de Saint-Germain. Il était également chevalier de l'ordre de la Toison d'Or, la conquête de celle-ci par Jason n'étant qu'une fable cachant la fabrication de l'or, l'alchimiste Ricardo Estanhimst assurant que Philippe le Bon avait institué cet ordre pour commémorer les transmutations à l'origine de sa fortune.

Le chapelain-alchimiste de la commanderie de Vaillampont avait fait des émules et son savoir avait ensemencé les siècles à venir.

L'hôtel Lallemant à Bourges inspira Charles lorsqu'il entreprit d'édifier son palais en souhaitant transcrire les secrets de l'alchimie dans son décor quotidien, un des éléments principaux est l'Hercule en marbre, chef-d'œuvre du sculpteur nivellois Laurent Delvaux achevé en 1770, au pied de l'escalier menant à un temple maçonnique, les bas-reliefs en stuc symbolisant les quatre éléments eau, air, terre, feu. Ce lieu hermétique rappelle les travaux que doit accomplir l'alchimiste pour obtenir la pierre philosophale, ces travaux étant comparés à ceux d'Hercule.

La décoration du palais de Bruxelles est le fleuron significatif d'un siècle qui porta à un très haut degré diverses formes de la pensée ésotérique, notamment l'alchimie.

Restons à Nivelles avec ce sculpteur Laurent Delvaux qui travailla aussi pour les abbesses en réalisant une chaire de vérité pour la collégiale Sainte-Gertrude. Celle-ci fut terminée sous l'abbesse comtesse Ursule-Antoinette de Berlo, princesse d'Empire, et de la prévôte Anne-Caroline-Lucrèce, comtesse d'Ingelheim et du Saint Empire.

Cette œuvre élaborée par le sculpteur indique que lui aussi était un initié. Le thème proposé fut le Christ et la Samaritaine ainsi que trois médaillons ayant pour sujet les paraboles de l'Évangile ; l'auteur était certainement Rose-Croix - il a parsemé son œuvre de symboles. Sur le socle de la chaire, parmi des feuillages, une grenouille (l'eau), un escargot (la terre), une salamandre (le feu) ; quant à l'air, il suffit de lever la tête pour découvrir la colombe du Saint-Esprit.

Examinons maintenant les médaillons.

« Le semeur » : sous le regard de l'initié, jambe droite découverte, en présence de corbeau (*nigredo* = œuvre au noir), le semeur répand la graine qui va mourir en terre (putréfaction) avant de renaître ; en évidence, une herse triangulaire, emblème des morts à la croisade.

« Le retour de l'enfant prodigue » : le père porte le bonnet phrygien des initiés, à ses pieds un chien (la matière brute), sa main indique un palmier.

Dans le troisième médaillon, le personnage central, « l'initié », indique de nouveau le palmier mais d'une manière impérative ; ce palmier, le dragonnier, se dit *foinix* en grec, « rouge », à rapprocher du Phœnix, cet oiseau fabuleux renaissant de ses cendres.

Ces trois médaillons représentent les trois grandes phases de l'Œuvre :

- les semailles = œuvre au noir ;
- le retour = œuvre au blanc ;
- le Phœnix = œuvre au rouge.

Couleurs que l'on retrouve dans les cathédrales ayant gardé leurs vitraux d'origine :

- au nord : vitraux bleu foncé, chapelle dédiée à saint Jean ;
- à l'est : vitraux clairs ;
- au sud : vitraux rouges, chapelle dédiée à saint Jean-Baptiste.

Au dos de la chaire, une citation de saint Jean, patron des Templiers, entouré d'un soleil rayonnant : l'Or !

Coiffant le tout, cinq *putti* : la quintessence.

Une couronne de laurier (l'or y est) surmonte l'ensemble.

Laurent Delvaux rencontrera le sieur de Surmont (le comte de Saint-Germain) chez

Charles de Lorraine, et le représentera dans un médaillon en compagnie de Charles de Lorraine et de Maurice de Saxe dans sa maison de Bornival.

Dans son testament, il demanda à être enterré dans l'église des Carmes dédiée à saint Jean, au pied d'une de ses œuvres : *Élie au désert.* Élie, ce grand initié qui monta au ciel vivant tel Hénoch, l'initié initiant.

Ce même Laurent Delvaux participa à la décoration de la ville lors de l'installation de la comtesse Marie-Félicité-Philippine van der Noot, dernière abbesse de l'abbaye de Nivelles, princesse d'Empire.

L'imprimeur Nivellois Plon publia à cette occasion un recueil poétique, *Les Muses nivelloises,* titre orné des armoiries de l'abbesse, « d'or à cinq coquilles de sable posées en croix ».

L'illustre sculpteur prêta son concours en reconnaissance aux généreux protecteurs de la famille de l'abbesse, ayant notamment exécuté le mausolée du général Léonard van der Noot.

L'avènement de la nouvelle abbesse fut signifié par lettres patentes de Sa Majesté l'impératrice Marie-Thérèse en 1776. La direction de son abbaye et de la ville fut perturbée en 1781 par une réforme de l'empereur Joseph II, les dames de Nivelles eurent recours au Saint-Siège et la Révolution brabançonne leur permit de revenir à leurs anciennes pratiques, mais en 1792, les Français battirent les troupes impériales et, en 1794, ils gagnèrent la bataille de Fleurus. Les biens des corporations religieuses furent livrés aux enchères publiques et le chapitre disparut après une vaine résistance. Le 16 prairial, sixième année républicaine, l'ordre d'évacuation de la maison ci-devant abbatiale du chapitre.

L'abbesse décéda le 13 octobre 1799. C'en était fini de cette lignée d'abbesses qui avaient régné sur la ville depuis sainte Gertrude au VIIe siècle.

CHAPITRE XV

Commanderie néo-templière, suite et fin

Je passais beaucoup de temps à la bibliothèque de la Commanderie, soi-disant pour améliorer mes connaissances sur les Templiers mais en réalité je m'intéressais surtout aux plans du château et de son réseau de souterrains. J'avais repéré une sortie d'une galerie, à l'origine un égout, qui se trouvait sous la salle du chapitre et qui débouchait dans les douves maintenant asséchées.

Profitant d'une journée ensoleillée et de l'absence de la majorité des chevaliers, je descendis dans ces douves désormais embroussaillées qui formaient une mini-jungle, prenant mes précautions dans le cas improbable d'être surpris : j'avais avec moi une boîte de prélèvement de plantes rares poussant en ces lieux, des *Ophrys* et des *Orchis* répertoriés dans cette région brabançonne.

En train de fouiller dans un massif de prunellier enchevêtré de ronces qui masquait l'ouverture de souterrain repéré sur les plans anciens, je fus hélé par le héraut d'armes, celui avec lequel j'avais sympathisé lors de l'enquête, passionné comme moi de la langue des oiseaux ; il m'observait du haut du parapet !

« Que fais-tu là, mon frère ?

— J'herborise, et la chance est avec moi car en plus d'une *Ophrys apifera*, d'un *Orchis anthropophora* et d'un maculata, fréquents tous trois dans nos régions, j'ai découvert un *Ophrys arachnitiformis* jamais répertorié à ce jour sous nos climats ! »

Remettant à plus tard mes recherches concernant le souterrain, je remontai la pente en me hissant sur le parapet pour montrer à mon frère le résultat de mes recherches. Ce dernier me félicita mais son regard était suspicieux. Il me fixa un rendez-vous à son domicile sous prétexte de déguster la meilleure bière du monde, une trappiste de l'abbaye de Westvleteren, bière quasi impossible à obtenir.

En effet, la renommée de cet élixir est telle que les moines en délivrent au compte-gouttes après rendez-vous par téléphone et obligation de se rendre à l'abbaye après avoir donné son nom, adresse, numéro d'immatriculation du véhicule, etc.

Il habitait, dans le village de Baulers, une petite fermette restaurée par ses soins. À l'intérieur, le bureau donnait sur un cloître reconstitué dont les éléments provenaient d'une ancienne possession de l'abbaye de Villers-la-Ville.

Confortablement installé dans un vieux fauteuil de cuir tout en dégustant la trappiste, il me demanda tout de go : « Pourquoi es-tu entré chez les Templiers ? »

Interloqué par cette brusque et inattendue interrogation, je bafouillai quelque peu avant de reprendre mon calme apparent, mais mon interlocuteur m'avait déstabilisé.

Reprenant la parole, il me dit : « Nous allons jouer franc-jeu, toi et moi, mais ne fais pas le malin, je t'observe depuis ton entrée chez nous, tu caches quelque chose. J'ai fait mon enquête te concernant, sans me dévoiler pour l'instant j'ai des moyens importants d'investigation à ma disposition. Dis-moi qui tu es réellement, cela restera entre nous deux, je te le jure. Ce lieu est sécurisé : pas de micro, pas de magnéto dissimulé, que toi et moi, à qui tu dois faire confiance. Réponds-moi franchement et je te dirai qui je suis réellement, confirme ce que je sais de toi, à moi seulement et non à la communauté. »

Pris au piège, je tentai de savoir ce qu'il avait appris à mon sujet : en fait, il connaissait le principal mais voulait savoir ce que je voulais faire en intégrant le chapitre. Ma grande assiduité dans la bibliothèque, les ouvrages consultés et surtout les plans anciens du château puis mon exploration des douves l'avaient décidé à agir.

Je finis par craquer quand il me dévoila le nom du médecin qui m'avait refait le visage ! Et je lui racontai tout depuis le début : la découverte du coffre, l'article du *Rif tout dju* où je mentionnais sa découverte dans les ruines de la chapelle templière, l'assaut contre ma maison ardéchoise et sa conclusion mortifère, ma métamorphose après substitution du cadavre du ferrailleur, les longues années de répit et puis l'attentat qui avait coûté la vie à ma mère et celle de mon épouse avec le résultat qui s'ensuivit.

Il m'écouta sans broncher et quand j'eus fini ma longue confession, il me dit simplement merci, alla quérir une seconde bière et me parla de lui.

Étant de nationalité française, il faisait partie des services de la DGSI[3], avec comme mission d'infiltrer cette secte soupçonnée d'être une résurgence néo-nazie. Il était depuis de nombreuses années en liaison avec les services secrets belges, qui la soupçonnaient d'avoir commandité les tueries du Brabant wallon et d'avoir comme but la déstabilisation du pays pour installer un ordre nouveau. Ils soupçonnaient même sans en avoir la preuve que certains tueurs faisaient partie de notre groupe !

S'il se dévoilait aujourd'hui, c'est parce que des soupçons me concernant avaient été émis

3. Direction générale de la sécurité intérieure.

lors du consistoire - instance à laquelle je n'avais pas accès. Ma fréquentation importante de la bibliothèque et les documents consultés avaient éveillé un certain questionnement et une enquête avait été diligentée auprès de l'institut agronomique où j'enseignais la botanique sur mes diplômes obtenus - je n'en avais pas, ayant suivi cette formation en auditeur libre - et surtout sur une partie de ma vie présentant des lacunes entre 20 et 40 ans ! J'avais intérêt à fournir un CV qui tenait la route.

Étant donné l'urgence, mon interlocuteur s'était dévoilé pour me protéger et me donner la marche à suivre pour être crédible : il fallait trouver un lieu, un pays où j'aurais vécu, pays en état de guerre, de chaos où les archives étaient inexistantes ou détruites. Après examen de multiples solutions, le Zaïre, ex-Congo belge, devait être l'endroit idoine, toujours en guerre larvée après de nombreux conflits, et pays où j'avais vécu quelques mois lors de la sécession du Katanga sous l'autorité de Tshombé et de mon aventure avec Bob Denard.

Nous passâmes la nuit à me constituer une vie factice, mon emploi du temps à travers l'Afrique, en m'inspirant de la vie aventureuse de mon cousin mercenaire, fuyant le Congo pour me réfugier dans un premier temps en Côte d'Ivoire, ensuite au Mali où je pratiquai l'élevage de caprins et rejoignis une exploitation d'une pêcherie de tilapias avant d'être ruiné par les rebelles et de revenir en Europe, où je repris mes études dans un institut agronomique français situé à Saint-Ismier près de Grenoble. C'était le point délicat de mon argumentaire : s'il fallait fournir un diplôme... Il me rassura à ce sujet, il était expert en faux papiers en tout genre.

Après cette soirée et la nuit qui s'ensuivit, je simulai une maladie pour être absent quelques jours des cérémonies hebdomadaires afin de peaufiner un éventuel interrogatoire. Souffrant du dos, je me fis prescrire une cure de trois semaines à Uriage, en Isère, station thermale reconnue à mille kilomètres de la Belgique, et je me mis à travailler mon emploi du temps fictif tout en étant très vigilant sur mon entourage : rien en vue la première semaine, mais à partir de la seconde, un sentiment bizarre d'être observé me mit en éveil.

Prudent, je déménageai tous mes documents et livres dans une chambre inoccupée dont je gardais la clé sur moi en permanence.

En fin de semaine, je me rendis compte que ma chambre avait été fouillée avec soin et que les indices que j'avais laissés n'avaient pas été remis exactement à leur place. Consultant la micro-caméra achetée sur Amazon et livrée dès le lendemain de mon arrivée, je vis très nettement l'individu introduit dans ma chambre : c'était une femme déguisée en infirmière qui avait tout le temps de fouiller pendant les soins dispensés - bain tourbillonnant, massages, kiné, etc. - que je suivais scrupuleusement chaque jour.

J'étais vraiment sous surveillance mais pour donner le change, je laissais traîner quelques notes sur la flore locale et sur mes recherches alchimiques.

La troisième semaine, la soi-disant infirmière revint accompagnée d'un médecin, ou du moins d'un homme qui se présentait comme tel ; je les vis s'emparer de mon portefeuille et scanner son contenu que j'avais heureusement expurgé de tout document compromettant - passeport, carte Vitale, permis de conduire, cartes bleues... J'en déduisis que j'étais dans le collimateur et qu'au retour, il faudrait jouer serré.

Le week-end suivant mon retour en Belgique, après une cérémonie d'adoubement d'un nouveau chevalier, je fus prié d'accompagner le grand maître dans la salle du chapitre, où siégeaient trois personnes masquées que l'on me présenta comme inquisiteurs. Devant mon étonnement, le grand maître me signala que c'était la procédure pour avoir accès au consistoire, instance suprême pour laquelle ma candidature avait été proposée.

Un flot de questions me fut posé avec des redites pour recouper mes assertions. Il ne fallait pas se planter. Je restai très concentré car je jouais gros, mes interlocuteurs n'étaient pas des perdreaux de la veille.

Après des questions d'ordre rituel, sur ma motivation, on vint à mon passé : J'avais bien potassé le sujet, tout défila : mes années au Congo, en Côte d'Ivoire, au Mali... Les trois personnes connaissaient parfaitement l'Afrique et tentaient de me piéger sur des détails : marque de la bière produite à Léopoldville, culture du coton, nombre de caprins élevés, tonnage de tilapias extrait du lac artificiel... Je fis un sans-faute mais je sentais bien que le grand maître restait dubitatif à mon égard :

récit trop parfait, son sixième sens l'avertissait que je représentais un danger. Bien sûr il ne m'en fit pas part, mais j'étais désormais sous surveillance et un complément d'information concernant mon passé fut lancé - j'en fus averti par mon nouvel ami de la DGSI. Mes réponses avaient été trop parfaites, trop lisses, j'avais réponse à tout, alors qu'un humain normal à des lacunes, des manques, des hésitations.

Il était donc grand temps d'agir avant d'être démasqué.

Par précaution, je ne me rendis plus chez mon nouvel allié, communiquant seulement avec lui à l'extérieur lorsque les autres étaient absents, et ce, dans des lieux publics, grands magasins, cinémas... Je lui demandai le moment idoine pour mettre mon plan à exécution. Nous étions en mai : le week-end de l'Ascension nous parut représenter le moment idéal, car tout le monde était en famille et le temple, vide.

Le transfert des explosifs se fit de nuit, avec beaucoup de difficultés : je les acheminai dans le conduit souterrain pendant que mon acolyte faisait le guet ; cela prit une bonne partie de la nuit mais le piège était en place, il fallait attendre désormais la réunion du chapitre au complet et trouver la bonne excuse pour nous absenter pendant sa tenue afin d'allumer la mèche et de nous tenir à l'écart.

Ce faisant, je me remémorai l'attentat raté contre Hitler par le déplacement involontaire de la bombe et la répression terrible qui s'ensuivit, les conjurés pendus à des crocs de boucher pour agoniser dans la douleur.

En un mot, je ne devais pas me louper.

Le temps passa lentement jusqu'au jour où l'occasion rêvée se présenta. Le plan se déroula tel que je l'avais prévu : mon portable sonna pendant la réunion sous le regard courroucé du grand maître... Je prétextai être en attente d'un appel urgent concernant le décès d'un proche pour m'éclipser sous la réprobation unanime de l'assemblée et descendis en catimini dans les douves pour allumer le cordon Bickford et me mettre à l'abri.

L'explosion fut gigantesque. Un soleil rouge incandescent, l'œuvre au rouge matérialisée faisant disparaître les trois quarts du château. Je rejoignis vaille que vaille mon VTT planqué la veille aux alentours et me rendis dans la maison de Baulers de mon ami : personne. Inquiet, je regagnai mon logement en croisant des ambulances, des voitures de pompiers, des gendarmes convergeant vers les ruines fumantes.

Le lendemain, les journaux faisaient état d'un attentat, on se perdait en conjectures sur ce qui venait de se passer, les autorités considérant cette association comme des doux dingues non dangereux *a priori* - sauf les services secrets, tenus régulièrement au courant par leur agent infiltré.

Les services d'investigation dépêchés sur les lieux découvrirent qu'il s'agissait en réalité de deux explosions, la première, souterraine, ayant déclenché une seconde plus importante provenant d'un chargement de munitions et d'explosifs entreposé dans une pièce attenante à la salle du chapitre ; ce qui souleva le problème suivant : à qui devaient servir ces armes ? Les rapports émis par l'agent de la DGSI mentionnaient que sous couvert d'organisation respectable, ces néo-Templiers étaient une émanation d'une organisation plus vaste créée pour déstabiliser le pays et dont une branche était déjà passée à l'action. Celle qui fut dénommée « les tueurs fous du Brabant wallon » paramilitaires jamais attrapés et mis à l'abri dans cette organisation de couverture.

Le décompte des morts du château mentionna que tous les participants avaient été anéantis. Y compris mon nouvel ami, qui n'avait pu quitter la salle du chapitre en temps voulu, se sacrifiant pour le succès de mon opération.

La bête immonde avait été blessée mais n'était pas morte, car le suprême grand maître dont dépendait la maîtrise belge était basé en France et son organisation était composée, d'après l'enquête très poussée de l'agent infiltré, de bon nombre d'anciens miliciens, de rexistes et de gestapistes ayant échappé à l'épuration.

Il me restait une tâche à accomplir : reprendre l'étude des documents contenus dans le coffre, ce que je fis après avoir pris quelques jours de congé réparateurs pour me remettre de cet état de tension gigantesque déployé durant toutes ces années et le feu d'artifice final : le bouquet !

Restaient deux inconnues : le Suprême Conseil de Belgique avait-il transmis un rapport me concernant au Suprême Conseil de France dont il dépendait ? Quels étaient les renseignements à mon propos qu'avait communiqués l'agent infiltré aux services secrets belges ? Double épée de Damoclès sur mon futur, mais j'avais concrétisé ma tâche principale : éliminer les assassins de ma mère et de mon épouse. Étais-je pour autant rasséréné ? Mon âme était morte depuis longtemps, j'avais simplement le sentiment du devoir accompli.

Je repartis donc dans mon refuge ardéchois pour analyser et décrypter les écrits du coffre et la mise en français moderne des écrits en alphabet Templiers. Cela me prit des mois mais je n'avais plus rien d'autre à faire : plus de famille à part mon cousin... Celui-ci s'était occupé de la vente de ma maison principale de Meylan et le montant obtenu était suffisant pour m'assurer une retraite confortable.

J'étais inscrit à la mairie de Saint-Cierge sous le nom de Jan van Nijvel, ressortissant sud-africain en provenance de Durban. J'y avais effectué un chantier donc je connaissais la ville, parlant le flamand différent du néerlandais, langue artificielle, mais très proche de l'afrikaans, une des deux langues officielles de l'Afrique du Sud. J'avais appris le français lors de mes prétendues études de droit international à l'ULB de Bruxelles, langue que je prétendais avoir approfondie grâce à une superbe blonde de dix ans mon aînée durant mes cinq années d'études. En bon coq de village, il m'arrivait même de parler de mes exploits de célibataire endurci... Je m'étais forgé un personnage vantard pour esbaudir la fruste assemblée des soûlards locaux : on a la gloire que l'on mérite !

Pour donner l'illusion, chaque samedi je descendais à l'auberge du village avec ma guitare et, après quelques pastis, je régalais les quelques habitués de chants sud-africains appris lors de mes études secondaires auprès de notre professeur de flamand, l'abbé Pennings ; ces chants très nostalgiques me ramenaient à ma vie antérieure et mon âme morte revivait ces instants de bonheur à jamais disparus. C'était surtout le *Mijn Sarie Marijs* qui me touchait le plus, l'histoire des retrouvailles avec sa promise, Sarie Marijs, si loin de son cœur :

« Mijn Sarie Marijs is zo ver van mijn hart
Maar't koop om haar veer te zien
Zij het daar in die wijk bij die moor rivier gewom
Nog voor die oorlog het begin »

Ma Sarie à moi était morte ainsi que mon fils unique, Jean, né à Nivelles, décédé accidentellement ; c'était pour honorer sa mémoire que je m'appelais désormais Jan van Nijvel.

Dimanche dernier, coup de fil en apparence anodin de mon cousin, un coup de fil crypté inspiré de celui annonçant aux résistants le débarquement de Normandie : « Il est temps de traiter les plants de tomate à la bouillie bordelaise. » Cela signifiait qu'il fallait d'urgence relever la boîte postale où m'attendait une missive inquiétante : il avait reçu la visite d'un inconnu se présentant comme un journaliste d'investigation venu l'interroger sur les circonstances de mon décès, et lui signalant que le dossier avait été rouvert à la demande de l'épouse du ferrailleur, toujours à la recherche de son mari disparu.

Je croyais avoir tout prévu dans le changement d'identité, sauf un point : les chaussures du mort. J'avais gardé mes baskets et un reste de sandale non consumée posait problème aux enquêteurs. Écueil qu'il fallait pallier en urgence. Faudrait-il disparaître des radars encore et encore ?

Les documents décryptés indiquent de façon précise l'environnement où avait été caché le trésor des Templiers grâce aux écrits du prieur de Cambron, ceux-ci avaient été copiés par Nostradamus deux siècles après sa rédaction lors de son passage dans ladite abbaye, et dans le fond du coffre se trouvait ce fameux texte. Nostradamus avait volé le document sans se douter qu'Yves de Lessines, prudent, en avait produit un second exemplaire. Il avoue avoir détruit de vieux documents dans la préface des *Centuries* en 1555, croyant ainsi détruire toute preuve. La lecture des *Centuries* de Nostradamus fait ressortir des termes du patois local, des mots flamands, des noms de lieux que le mage provençal ne pouvait connaître, preuve du plagiat. C'est ce document que recherchaient les Templiers, qui en connaissaient l'existence mais non l'endroit où il était entreposé !

Bien que la tâche fût ardue, je suis parvenu à mettre en français contemporain une partie des quatrains grâce à ma connaissance du wallon, proche du picard du texte original ; cette connaissance, je la dois en grande partie à Palmyre, la femme de ménage, qui ne s'exprimait qu'en patois ! Sacré personnage que cette Palmyre qui pesait 7,5 kilos à la naissance, chaussait du 47 et avait la denture de Fernandel !

Dans ce texte, le vieux moine indique que les Templiers ont soustrait à l'avidité des prédateurs : des documents, de l'argent et de l'or, le tout enfermé dans vingt et un tonneaux convenablement graissés à l'extérieur pour les protéger de l'eau. Ces tonneaux étant enterrés à proximité d'un saule, *Salix, Signum Agri Legionis Iesu Xristi*, (le signe de l'endroit de la légion du Christ), qui se trouve à Wodecq. Il me reste désormais à trouver le lieu précis en continuant le décryptage du récit d'Yves de Lessines habillé d'énigmes à l'instar d'un pèlerinage réel et spirituel à la fois. Le but de ma quête sera bientôt atteint si Dieu le veut !

J'ai donc décidé de rédiger le présent écrit à diffuser après ma mort : si vous lisez cet ouvrage, c'est que la secte m'aura retrouvé et exécuté, mais elle n'aura pas le coffre et son contenu, car je l'ai piégé.

Note de l'éditeur. *Suivant la volonté du scripteur, j'ai diffusé ce récit après la découverte du corps sans vie de ce dernier dans l'explosion violente qui détruisit son dernier logement. L'enquête détermina que celle-ci se produisit lors de la visite de deux personnes retrouvées déchiquetées auprès des restes d'un coffre et de morceaux de parchemins carbonisés.*

Ainsi disparurent un aventurier du XXᵉ siècle sous un nom d'emprunt, Jan van Nijvel, et le document qui aurait permis de résoudre enfin l'énigme du trésor des Templiers !

Table des matières

Dépôt légal : janvier 2023

Imprimé en France
FRHW012338010223
33792FR00001B/9